琼 瑶

作 品 大 全 集

女朋友

琼瑶 著

作家出版社

琼瑶，本名陈喆，作家、编剧、作词人、影视制作人。原籍湖南衡阳，1938年生于四川成都，1949年随父母由大陆赴台生活。16岁时以笔名心如发表小说《云影》，25岁时出版首部长篇小说《窗外》。多年来笔耕不辍，代表作包括《烟雨蒙蒙》《几度夕阳红》《彩云飞》《海鸥飞处》《心有千千结》《一帘幽梦》《在水一方》《我是一片云》《庭院深深》等。

多部作品先后改编成为电影及电视剧，琼瑶也因此步入影视产业。《六个梦》系列、《梅花三弄》系列、《还珠格格》系列等，影响至深，成为几代读者与观众共同的记忆。

琼瑶以流畅优美的文笔，编织了众多曲折动人的故事。其作品以对于梦的憧憬和爱的执着，与大众流行文化紧密结合，风靡半个多世纪，成为华文世界中极重要的文学经典。

我为爱而生，我为爱而写

文字里度过多少春夏秋冬

文字里写下多少青春浪漫

人世间虽然没有天长地久

故事里火花燃烧爱也依旧

　　　　　　　　　瓊瑶

女朋友

第一章

校园里的阳光灿烂地照射着。

高凌风在校园中快步地"走"着。小径上，那些合抱的老榕树，都低垂着枝丫，拖长了那些像胡须般的气根，像一个个庄重的老学究。他望着那些树木，忍不住就跳起身来，去摘取枝头的一片新绿。这一跳之下，就可以看到那穿过密叶的阳光，像一缕缕闪亮的金线。于是，忍不住，他再跳了一下，对那些金线抓了一把，似乎已掬牢了一把"阳光"。"紧握"着这把阳光，他心中的喜悦就从四肢百骸里往外扩散。于是，他哼起歌来。什么"吾爱吾师"，什么"雨点打在我头上"，什么"恶水上的大桥"，哼得个过瘾。

就是这样，像他的好友徐克伟说的：

"高凌风的脚底有弹簧，他不能走，只能蹦蹦跳跳。

高凌风的喉咙里还有上了弦的发条，随时随地，发条一开，他就会引吭高歌起来！"有什么不好？他耸耸肩，继续哼着、跳着。校园里有两个女生经过，她们在注意他，悄悄地谈论他，他装不知道，满不在乎的。头抬得更高，背挺得更直，一路跳跃着去摘取树叶……穿过了小径，前面是空敞的草坪，没有老榕树了，他仰望着那无垠的蓝天，和那些白得诱人的云朵，他就真想一直飞跃上去，把那些白云全挽在手里，抱在怀里。李白是什么人？李白是唐朝人！唐朝人怎有现代人的思想和气魄！"俱怀逸兴壮思飞，欲上青天揽明月！"真岂有此理！那个李白把他高凌风的"豪情"全偷走了！

奔过草坪，教室正耸立在那儿，两大排建筑物，雄赳赳、气昂昂的！每年每年，多少学子进来，多少人才出去。他呢，进来了两年，离出去还有两年，大学三年级！徐克伟说的：该找女朋友的年龄了。女朋友？徐克伟满心只有女朋友，可惜的就是"没缘分"！他高凌风呢？总是对女孩子"有点儿意思"，却从来不被"捕捉"。他不相信什么"痴情""狂热"的那一套，女孩子就是女孩子，是生活里的点缀品。千万别和她们认真，如果你被"捉住"，你就惨了！徐克伟不懂这个道理，所以，徐克伟就该痛苦！

冲进了教室，糟了，又是最后一个到！教室中已坐满了人，心理学，真不知道选修心理学的人怎么这样多，他东张西望地找着空位子，徐克伟已跳了起来。

"嗨！高凌风！我给你留了位子！"

他"蹦"过去，拍拍徐克伟的肩膀，审视着他的脸。

"怎么搞的，徐克伟？经过一个暑假，你又瘦了！失恋了吗？"他旁若无人，喊得好响，附近的同学转过头来看他们，徐克伟那"脸红"的毛病就犯了。

"别胡扯！"徐克伟低吼着，"恋都没恋，怎么能失恋？"

"有道理！"高凌风坐了下来，夏季的阳光使他有份好心情，一路走进学校的那种"喜悦"尚未消失，心情一开朗，他的话就特别多，"恋爱了又失去，才叫失恋。像你根本没恋爱，应该叫无恋，彼此爱慕叫相恋。其实，失恋也罢，无恋也罢，相恋也罢，都是痛苦！人类的痛苦就因为感情太多，根据心理学，有感情必定有痛苦，所以，最快乐的人是白痴！"

"高凌风！"徐克伟忍无可忍，脸一直红到脖子上去了，"你少发谬论好不好？有人在对你瞪眼睛呢！"

有人在瞪眼睛？高凌风四周望望，"瞪眼"的人还真不少呢，有熟面孔，有生面孔，有男生，有女生……有女生！他猛地一怔，胸口像突然被什么重物撞击了一下，心思立即停顿了一秒钟！他接触到一对好沉静好深幽的大眼睛，那"大眼睛"正带着股天真的好奇，对他悄悄地注视着。他紧瞪着她，一时间，他看不见那对眼睛以外的东西，他只看到那黑黝黝的、清清亮亮的眸子。可是，那对"大眼睛"很快地躲开了，长睫毛垂下来，"眼睛"就隐藏到眼睑的后面去了。高凌风吸了口气，既然无法再接触那对"大眼睛"，他就开始打量起那眼睛的主人来。细细的眉，挺挺的鼻梁，小巧的嘴，好白好嫩的皮肤。穿着件细麻纱的白色洋装，长发中分，从面颊上直垂到胸前……他肆无忌惮地看着，那"大眼睛"的头就低低地垂下去了。然后，他听到"哧"的一声轻笑，注意到那"大眼睛"身边的一个女孩子，正俯身对"大眼睛"说了句："有人在对你行注目礼！"

高凌风对那说话的女孩狠狠地瞪了一眼，那女孩穿着一身的蓝衣服、短发、小圆脸……被他这样一瞪，就慌忙把身子缩回去了。高凌风不自觉地微笑了一下，女孩子，像一些纯白色的小兔子，诱人而又胆怯，而且，总有那股楚楚动人的韵致。

教室里一阵骚动，教授进来了，高凌风坐正了身子，用铅笔下意识地敲着笔记本。望着那颇为著名的李教授，选修心理学，就为了这位李教授，大家都说，他是最具有幽默感，而且最了解"学生心理"的一位教授。高凌风审视着他，李教授站在讲台上，两鬓微白，戴着眼镜，很有一种恂恂儒雅的气质。

"今天是第一天上课，"李教授微笑地扫视着整个教室，"难得你们从不同的年级和科系，都来选修我这门心理学，希望你们把这门课学好了，男同学懂得女性心理，女同学懂得男性心理，且能善加利用，那就天下太平了！"

教室里一阵哄然大笑，高凌风笑得最响，他总是这样，很难控制自己的情绪。每次去电影院看"傻瓜片"，他总是笑得电影院里的人都不看电影而看他。

李教授跟着大家笑，笑完了，他说：

"我看，经过一个漫长的暑假，大家都没有上课的准备，也没有上课的心情，我今天不讲书，而说个有关心理影响的故事给你们听！"上课听故事！太妙了！高凌风用手托着下巴，瞅着李教授，竖起了耳朵。"首先声明，这是个真实的故事！"李教授认真地望着台下，"这故事可以证明人类心理作用对人的影响力有多大！"他沉吟了一下，开始说故事："有一个罪犯，被判了死刑，执刑的日子也快到了。于是，这罪犯在一个深夜里，冒死越狱，翻墙逃走了。他这一跑，惊动了守夜警卫，顿时警铃狂鸣，警犬也被放了出来，成群的员警，出来搜捕他。罪犯不住地奔跑，他听到警哨声、犬吠声、人声、呼喝声……他不要命地狂奔，穿过了树林、荒野、山地，他一直跑，不停地跑，这样连跑了一夜一天。到第二天夜里，他已经筋疲力尽，终于跑到一个农庄，看到了一个草堆，他靠在草堆上，再也支持不住，睡着了。"教授停了停，满教室静悄悄的，都在等着听下文。高凌风专注地望着教授。"他睡着后，就开始做噩梦，"李教授继续说，"梦到自己正被成群的员警从四面八方包围了，高叫着要他投降，否则要开枪了。他仍然企图逃亡，就在举步要跑时，各方面的枪弹向他集中扫射，一枪正中心脏，他倒下来，死了。梦到这儿，他的人也真的从草堆上倒下来，真的死了。事实上，员警并没有发现他，也没有任何枪弹射中他，他的死亡，完全是受心理影响，可见心理影响之大！"故事讲完了，李教授笑盈盈地站在那儿，同学们开始窃窃私语。很好的故事！高凌风想着，用铅笔在笔记本上乱画，只是……只是……只是有点儿不对头！忽然间，他恍然大悟，发现这故事的"矛盾"之处了。从座位上直跳了起来，他嚷着：

"李教授，这故事不可能是真的！"

"为什么？"李教授微笑地望着他。

"您说，他梦到自己被打死，就真的死了。"他站在那儿，手舞足蹈地说，"他在死之前，并没有机会把自己的梦讲给别人听，是不是？那么，除了他自己之外，谁知道他做了那个梦呢？所以，这故事完全不能成立！"

李教授笑了起来，他看来又开心又得意。

"你对了！"他说，直视着高凌风，"这其实是个智力测验，我说出来和你们开个玩笑，没料到，你的反应这么快，你叫什么名字？""高凌风！""高凌风？"李教授赞许地念着这名字，深深地看了他一眼，似乎在用心记牢他的脸孔，"很好，高凌风，你相当聪明！你念什么系？""森林系三年级。""你应该学心理学，"李教授说，"你很有思想。"

高凌风坐了下去，有点儿沾沾自喜，被赞美永远能引起他的傲气，他知道自己的弱点，父亲不止一次对他说过，他虚荣而好胜。坐在那儿，他正在独享着那份虚荣感，忽然间，有种第六感在告诉他，他斜后面，有一对"大眼睛"正悄悄地注视着他。他克制着自己，不许自己回过头去，如果这"第六感"欺骗了他呢？但是，但是……他猛然回过头去，他的眼光和那对"大眼睛"就一下子撞了个正着，他立刻微微一笑，那对"大眼睛"蓦然被惊惶充满，像个受惊的小鹿般，那女孩低垂了头，他只能看到那长发中分处的那道发线了。见鬼，今天是怎么了？那不过是个有对大眼睛的女同学，没什么了不起！长得漂亮的女同学多得是，他高凌风何曾动心过？坐正身子，他盯着李教授，直着脖子。可是，教授又讲了些什么，他完全不知道。斜后面，总像有股庞大的力量，要把他的视线吸引过去。见鬼，他诅咒着，那对眼睛没有什么特别，每个人都有眼睛！眼睛就是眼睛，有眼白有眼珠——眼睛就是眼睛，可是，为什么那对"大眼睛"与众不同？他再度回过头去。那女孩的头垂得好低，只看到那道发线，他紧盯着她，她总不能永远低着头吧，果然，她抬起头来了，再一次眼光的相遇，那女孩似乎大吃了一惊，转过头去，她和那蓝衣服的女孩悄悄私语，准是在骂他！他想。你越是骂我，我越是要看你！他身边的徐克伟用手肘碰碰他。

"高凌风，你在干吗？"

他回过神来，心烦意乱地用笔敲着书本。大眼睛，不知道那大眼睛叫什么名字！但是，管他呢？名字并不重要，"我可以不知道，你的名和姓，我不能不看见，你的大眼睛！"他在肚子里胡诌着歌词，接着，就讶异地对自己低语：

"高凌风！你着了魔了！"

下课了，大家一窝蜂地拥出教室，他拉着徐克伟，争先恐后地往外冲，徐克伟扯扯他的袖子：

"我告诉你，高凌风，她在外文系二年级！"

高凌风一把抓住徐克伟。

"你怎么知道？"他大声问。

"她是我一眼看中的！"徐克伟直愣愣地看着高凌风，"你总不至于……"

"慢点，慢点！"高凌风瞪着徐克伟，"好朋友归好朋友，追女孩子，我们只好各看各的本领！"

"不行！"徐克伟又涨红了脸，"李思洁是我看中的！全校那么多女同学，你为什么要和我作对？"

"李思洁，"高凌风喃喃地念着，"原来她叫李思洁！怪不得爱穿白衣服！"

"白衣服？"徐克伟哇哇大叫，"谁说她穿了白衣服？她一身的蓝，蓝衬衫，蓝长裤，蓝发带……"

高凌风站住了："说了半天，你喜欢的不是大眼睛，是那个蓝衣服呀？"

"大眼睛？"徐克伟怔着，"谁是大眼睛？"

"和蓝衣服在一起的那个女孩子！"

"我没注意。"徐克伟说。

"你没注意！"高凌风大嚷着，"如此与众不同的女孩子，你居然没注意！"他跳起来，摘取了一片树叶，"我要去弄清楚，她到底是谁？"

"我可以帮你打听！"徐克伟说。

"你？"高凌风不信任地看着徐克伟。

"我。"徐克伟望着高凌风，"只是，你负责一切打听费用！"

"打听还要费用吗？""当然要。""好吧！"高凌风洒脱地一挥手，"只要你打听得出来，我什么费用都出！哪怕要卖我的吉他，我都干！"

"高凌风，"徐克伟纳闷地说，"你总不会认真吧！你一向都说，你从不相信什么一见钟情的事！"

"我仍然不相信！"高凌风往上"蹦"了三尺高，"我也没说我钟情了呀！你绝不可能对一个你连话都没说过的女孩子钟情！我喜欢的，只是那对大眼睛！但是，一个能拥有这样动人的眼睛的人，就一定是个值得你去钟情的人。"

　　"我不懂你的哲学。"

　　"你不懂吗？"高凌风研究着自己手里的一把"木麻黄"树叶，"我自己也不懂。"

第二章

徐克伟站在高凌风的面前，对他伸着手。

"要情报，拿打听费来！"

"你真打听出来了？""当然。""多少钱？""一百二十三元五角。"

"怎么用的？""请李思洁看电影，六十多元，请李思洁喝咖啡，三十多元，请李思洁去福乐吃冰淇淋……"

"喂喂喂，"高凌风大叫着，"我要你打听'大眼睛'，并不是要你去追求李思洁，怎么你把追李思洁的账，都记到我头上来了？你有没有搞错？"

"才没搞错呢！"徐克伟扬着眉毛说，"李思洁是那个大眼睛的好朋友，要了解大眼睛的一切，就需要先接近李思洁，现在，我什么情报都有了。"

高凌风瞪着徐克伟："快说呀！""先付钱！""徐克

伟，"高凌风一个字一个字地说，"你是越来越滑头了！咱们记着，"他掏出一百块钱，放在徐克伟手里："说吧！"

"她的名字叫夏小蝉，好奇怪的名字，夏天的小蝉。她的父亲是报业界的巨子夏继屏，她很用功，很孝顺，很害羞，很乖，典型的大家闺秀。她是二年级外文系的学生，选修课程有心理学、文学概论、比较文学。家住阳明山，地址和电话号码我都抄在这儿了。"徐克伟把一张纸条交给高凌风，继续说，"她是独生女，没有兄弟姐妹，在家很得宠，最重要的一项情报是，每天下午没课的时候，她都在图书馆念书，一直念到吃晚饭。"高凌风劈手夺过刚刚放在徐克伟手里的钞票，转身就向后面跑去，徐克伟大叫着：

"你到哪里去？""图书馆！""你……你……"徐克伟喊着，"你抢劫……"

"抢劫敲诈犯，人生一乐也。"高凌风叫着，径自奔向了图书馆。到了图书馆，高凌风才觉得自己实在有点发神经。四面看看，并没有"大眼睛"的影子，显然自己来得太早。在阅览桌前坐了下来，他心不在焉地翻开自己那本《水土保持》，在笔记本上胡乱地涂着；夏天的小蝉，夏小蝉，飞上树枝的小蝉，怎么有人取名字叫小蝉？

不知道坐了多久，不知道在笔记本上涂了多少个

"夏小蝉"，忽然间，他的"第六感"又在作祟了，背后有衣服的窸窸窣窣声，空气里有淡淡的香水味，轻盈的脚步声，在悄然地迈着步子……他蓦然回头，立即接触到了那对"大眼睛"，由于他动作的突然，由于这意外的相遇，那个夏小蝉吓了好大的一跳，手里的一沓书本差点都掉到地上去。她怔怔地望着高凌风，眼底有着惊惶、怀疑，和一层娇柔的怯意。高凌风面对着这样的一对眸子，就又感到胸口被猛烈地撞击了！怎么有如此动人的眼睛？怎么有这样会说话的眼睛？他瞪视着她，一时间竟有些张口结舌。怎么搞的？他从没有在女孩子面前怯过场！"你……你……"夏小蝉嗫嚅着，不知所措地望着他，"你要干吗？"

"我叫高凌风。"他慌忙说。

"我知道。"

小蝉低低地说了一句。

"我在森林系三年级。"

"我知道。"她又说。

"我……我在学校合唱团里当主唱。"他莫名其妙地说了一句，说出来就觉得不大得体，这算什么？标榜自己会唱歌吗？表示自己很时髦吗？今天……今天是怎么了？自己居然如此笨嘴笨舌。

"我听说了。"夏小蝉微笑了一下，大眼睛里浮起了一抹温柔的笑意，"你在学校里很出风头。"

出风头？见鬼！高凌风的脸发热了。他高凌风也会脸红？真是天下奇谈！不行，非找些话来谈不可！那夏小蝉已经想悄悄地溜开了，慌乱中，他说了句：

"到图书馆来念书啊？"

"嗯。"夏小蝉应着，眼底的笑意更深了。

胡闹！高凌风心里在骂着，问些废话！人家不到图书馆来念书，难道还来图书馆打球的吗？自己真笨得厉害，想着想着，他就忘形地对自己的脑袋敲了一下。这一敲，夏小蝉就"哧"的一声笑了。看到她笑，高凌风也忍不住笑了，两人相对一笑，那生疏的感觉就从窗口飞走了。高凌风顺势拉开了身边的椅子，夏小蝉也只好坐了下来。

两个人并坐在阅览桌前，高凌风急切地想找些话题来谈。但是，那夏小蝉显然不是来谈话的，她打开了厚厚的一本英国文学史，认真地阅读了起来。高凌风讶异地望着她，那样一本正经，那样庄重，那样细致，那样温柔，却又那样凛然不可侵犯。她低俯着头，专注地望着书本，纤细修长的手指，在书页上翻动着。他以一种心动的喜悦，惊奇地望着她阅读的神态，那半垂的睫毛，那微微翕动的嘴唇，那时时微闪着光芒的眸子，那凝神的、特殊的专注……她一心一意埋在书本里，她已经忘记了身边有个莫名其妙的高凌风！他看着她，半愕然、半心悸、半喜悦地欣赏着她的专注与肃穆，直到……忽然间，有个男性的声音在他面前响了起来：

"嗨！小蝉！"夏小蝉抬起头来了，高凌风也抬起头来了。于是，高凌风看到一个瘦瘦高高的年轻人，英爽、挺拔、干净、愉快地站在阅览桌的对面，那年轻人充满笑意的眼睛闪亮而温和，眉毛浓黑，鼻梁英挺，要命！这是个漂亮的、男性的、很有帅劲的男人！"小蝉！别念了！"那年轻人说，高凌风注意到，他手里也抱着一沓课本，看看封面，似乎全是工程方面的书籍，那么，该是本校的同学了？"快六点了，小蝉，我请你吃晚饭去！"

"不行！"夏小蝉站起身来，收拾起书本，对那年轻人甜甜地笑着。笑容里有信赖、有喜悦，也有份淡淡的娇痴，"我答应妈妈回家吃饭！"

"那么，我送你回家。"

"然后，你留在我家吃饭！"她笑着，语气里有邀请，也有命令。"就这样！"那漂亮的年轻人笑得爽朗。

小蝉走过去，那年轻人熟稔地把手环过来，放在夏小蝉那细小的腰肢上。他们并肩而去，她甚至没有和高凌风打招呼。高凌风目送着他们的背影，消失在图书馆的门口。他呆了，像被钉死在那张椅子上，他动也不能动。半晌，他才直跳了起来，跑出了图书馆。他要去找徐克伟，要徐克伟去找李思洁，他要弄清楚这个男人是谁？即使……他又要付一笔敲诈费！徐克伟没有再敲诈他，带给他的却是最令人沮丧的情报。徐克伟沉重地说：

"放弃吧，高凌风，你绝无希望！那个男的名叫何怀祖，是电机系四年级的高才生！家里很有钱，他父亲和夏小蝉的父亲是好朋友，原来夏小蝉和何怀祖之间也就只差订婚了。那何怀祖在学校也是有名的，上次那个'小发明发表会'，他是主要人物，学校里上至校长，下至教授们都欣赏他，认为他是难得的奇才，他完全是个……"

"我知道了！"高凌风大声地说，打断了徐克伟的叙述，"一个'品学兼优'，对不对？好吧，就算他是'品学兼优'，我呢？我是个'大器晚成'，我就要跟'品学兼优'拼一下！告诉你，我追夏小蝉是追定了！"

第三章

　　以后的日子是一连串"捉迷藏"的游戏，游戏的地点却在图书馆里。高凌风跑图书馆跑得如此之勤快，恐怕是进大学以来所少有的。为了去图书馆，他耽误了合唱团的练习；为了去图书馆，他疏忽了"育苗"的实习；为了去图书馆，他把练吉他的时间也占据了；为了去图书馆，他有好久没有和徐克伟去弹子房赌弹子，去体育馆比乒乓……但是，在图书馆里的大部分时间，他只能眼睁睁地看着夏小蝉那庄重沉静的脸庞，和那专心一致的神态。偶尔，她会抬起眼睛来，对他微微一笑，他的心立刻就像鼓满了风的风筝，会因这一笑而飞进了层云深处。这样，有一天，她终于抬起头来，静静地看着他。那对"大眼睛"安详、深邃，而温柔。一接触到这眼光，高凌风就触电般浑身一震。她凝视着他，唇边浮起了一丝笑意。她轻声说："你很用功。"他摇摇头，坦白地说：
"用功的是你，不是我。"

她的脸微微一红，似乎对他这些日子的"追逐"已
了然于胸，她低声说："李思洁常谈起你。"李思洁！李
思洁和徐克伟已打得火热，而他这儿却完全没有进入情
况！他平常总笑徐克伟畏缩，没办法，害臊，而又驴头
驴脑，畏首畏尾！现在，看样子，这一切的评语不该用
在徐克伟身上，倒该用在他高凌风身上，他平日的豪迈
呢？他平日的洒脱呢？他那份"女朋友不过是生活里的
点缀品"的观念呢？原来，原来……当爱情真正来临的
时候，竟会把人整个改变，整个征服的啊！想到这儿，
他情不自禁地叹了口气。他这声叹息似乎使她惊悸了，
她迟疑地望着他，大眼睛里浮起一片迷迷蒙蒙的温柔，
她说：

"怎么了？""怎么了？"这句话带着股庞大的力量向
他排山倒海般冲击过来，使他再也控制不住，许多话就
不假思索地冲口而出："我就是想问我自己怎么了？我天
天坐在这儿，天天望着你，但是……我竟然没有勇气对
你说一句：我请你去吃牛肉面好吗？我一次又一次地看
着那个'品学兼优'把你接走，我就像个傻瓜似的坐在
这儿发呆！'大器晚成'，只怕有一天，会变成'一事无
成'了！"

她"哧"的一声笑了，望着他：

“什么‘品学兼优’啊？‘大器晚成’啊？‘一事无成’啊？你在说些什么？”“别告诉我你听不懂！”

他温和而安静地看着她，半晌，她合拢了书本：“那么，你还要等‘品学兼优’来吗？”

他跳起身来：“你是说……”

“你不是说要请我吃牛肉面吗？”她微笑着，像一朵含苞欲放的、纯白色的蔷薇花。

他被欣喜充满了，被狂欢笼罩了，被激情冲击了，他忘形地“蹦”起来，一声“唷呵”的欢呼几乎冲口而出。他的失态使夏小蝉惊惶地后退了一步。该死！他敲敲自己的脑袋，别驴了！他手忙脚乱地收拾了自己的书本、笔记本，和夏小蝉并肩走出了图书馆。

吃牛肉面，吃红豆刨冰，吃“大声公”的清粥，他带她乱吃一通。她吃得很少，只是望着他笑，好像他是一个很奇怪、很特别的人物，她的笑容里，有惊奇，也有怯意。于是，忽然间，他觉得自己好傻，好宝，好蠢，竟带她来这些小吃店！她那样娇滴滴，应该属于朦胧的烛光，热腾腾的咖啡，和厚厚的绿绒地毯。但是，他高凌风没有这些！他高凌风是个穷小子！他瞪着她：“我必须告诉你，”他说，“带你到这种地方，好像是一种冒犯，带你去别的地方，我又带不起！”

她睁大眼睛望着他：“你以为我是很虚荣的吗？”

“我知道你是娇生惯养的！夏继屏的独生女儿，我可以想象你平常过的是怎样的生活！我也可以猜到，那'品学兼优'绝不会带你到小冰店来吃红豆刨冰！"

她嫣然一笑。"你对了！"她说，用小匙拨弄着杯子里的红豆，一匙一匙地送进嘴里，"但是，我很喜欢这一切！好新奇又好亲切，我觉得，这才像个学生呢！平常我父母对我保护得太周到了，我几乎已经不知道'生活'是什么！"

"让我告诉你！"他热烈地，几乎是喊着说，"我会让你知道生活是什么！我会让你了解什么是舞蹈，什么是歌唱，什么是欢笑，什么是疯狂！那不是你玻璃屋子里的生活，太阳是真实的，雨也是真实的！我从小是风吹日晒长大的，所以不怕风吹日晒！你好白好细致，但是，你缺少阳光，缺少风雨……"她用闪亮的"大眼睛"一眨也不眨地望着他，他顿时忘了自己的"演讲"，这对"大眼睛"令他"窒息"了。他停住了自己的话，忽然说："你知不知道，你有一双好动人的大眼睛？"

她的面颊上蓦然涌上两片红潮，那红润从她颊边一直蔓延到她的眼角眉梢。他怔住了，傻傻地瞅着她，他觉得自己的呼吸停止，血液凝住。那眼睛，那神情，那注视，那微笑……他真想唱一支歌，为她唱一支歌！

三天后，高凌风在校园里找到了夏小蝉，她正和那个品学兼优的何怀祖在一起，两人不知在争执些什么，他走过去的时候，正好听到何怀祖在说："……那么，你以后就不要到图书馆去念书！"

很好！看样子，有人在"居心破坏"！他不顾一切地"奔"了过去，对何怀祖点了个头："品学兼优，跟你借个人！"不管三七二十一，他把夏小蝉一直拉到旁边去，那何怀祖目瞪口呆地望着他，他置之不理。从怀里掏出两张热门音乐的门票，他塞进小蝉手里，说："一定要来！因为我要为你唱一支歌！星期天晚上七时，在学生活动中心！记牢了！如果你不来，整个演唱会对我都没有意义了！可是……"他看了那个品学兼优一眼，"别带那个品学兼优来！热门音乐演唱会只适合我这种吊儿郎当，不适合品学兼优！"说完，他把夏小蝉再推回何怀祖身边：

"还你的人！"然后，他掉头就走。夏小蝉自始至终没讲过话，只是紧握着那两张入场券，呆呆地望着他。他大踏步地走了，"不能"回头，"不愿"回头，"不要"看到小蝉和那个何怀祖在一起！如果小蝉是有热情有感性的女孩，她可以在演唱会上领略一切，演唱会！是的，他的希望在演唱会！他的天才，他的感情，他的奔放，都只有在唱歌的时候才能表露无遗！"歌"一向比"语言"更能表达他的思想。

终于，演唱会来了，高凌风抱着吉他，站在台上，他紧紧地盯着夏小蝉。她坐在第一排的正中。该死！他心里暗骂着，再三叮嘱，她仍然把那个"品学兼优"带来了。何怀祖西装笔挺地坐在那儿，夹杂在一群衣装随便的同学中间，显得那样格格不入。但是，夏小蝉！他深抽了口气，夏小蝉是一颗闪烁着光芒的小星星！

他弹着吉他，蹦着，跳着，舞着，唱着，他整个的心灵，整个的感情，都随着歌声，奔泻而出：

> 我可以不知道，你的名和姓，
> 我不能不看见，你的大眼睛！
> 我从来不明白，命运是什么，
> 自与你一相逢，从此不寂寞！
> 你的眼光似乎对我述说，
> 好时光千万不要错过，
> 无论你心里是否有个我，
> 我永远为你祝福愿你快活！

一曲既终，他望着小蝉，小蝉坐在那儿，用热烈的"大眼睛"默默地凝视着他。他不能呼吸了，不能喘气了，不能思想了！奔向后台，他抛下了吉他，就绕到前面来找小蝉。但是，小蝉的位子上已空空如也，何怀祖也一起不见了。他呆立在那儿，顿时动也不能动。在这一刹那间，只觉天地万物，都已化为空虚一片！徐克伟和李思洁走了过来，李思洁悄然地递了一张纸条给他。他看着，上面是小蝉匆促之间写下的几个字：

凌风：

　　奉母命带了护航员，奉母命早早回家！奉母命不得耽搁。歌太好，感动之余，却怕受之有愧！

　　　　　　　　　　　小蝉

　　奉母命！奉母命！奉母命！他望着李思洁，李思洁对他缓缓地摇摇头，低声说："夏小蝉从没有违背过她父母！所有的亲戚朋友都知道，小蝉是出了名的乖女儿！"

　　"所以，"徐克伟接口说，"要征服小蝉，必先征服她的父母！"

　　高凌风把手重重地压在徐克伟的肩上，严肃地说：

　　"徐克伟，你看我这样的'大器晚成'，小蝉的父母会接受我吗？"徐克伟从上到下地打量他：有棱角的脸孔，带点儿野性的眼睛，倔强而自负的嘴，留得太长的头发，牛仔衣，牛仔裤，满身的放浪不羁，一脸的狂热与任性。徐克伟慢慢地摇头："如果我是你，我不敢去碰钉子！"

　　"这钉子，迟早是要碰的！"高凌风大声地说，掉头走开了。

第四章

好一段时间过去了，高凌风和小蝉间仍在胶着状态，那小蝉娴静高雅，总带给他一种无形的压力，使他不敢进攻过猛，也使他"自惭形秽"。

这天，高凌风在苗圃里热心地整着地，苗床一排排地排列着，同学们都在埋头工作。他用锄头弄松了泥土，身边那些"大叶桉"的种子，正一袋袋地放着，等待"播种"。高凌风专心地工作，心里模糊地想着"十年树木"的成语，一棵树从播种，到发芽，到长成，要经过多么多么长久的时间，播种、插条、接枝……又是多大的学问！"造林学"只是一门功课，但是真正造一座森林却需要十年二十年以至于数百年的时间！想到这儿，他就觉得宇宙好神奇，生命好微妙，而那些种子的发芽生长，却给人一种不可思议的感觉。

他正想得出神，却看到李思洁远远地跑来，对徐克伟招手，真亲热，片刻不见，就找到苗圃里来了。他心中微有醋意，如果小蝉能这样对他，他一定会乐得发疯。小蝉，想着这名字，他心里就又酸楚，又甜蜜，又惆怅。那夏小蝉是一个公主，一个住在重重城堡中的公主，要接触这公主，就得翻越那重重城堡！他叹口气，用手捏碎了泥土，撒在苗床上。"高凌风！"忽然间，徐克伟站在他面前，气急败坏地喊着。他愕然地抬起头来，望着徐克伟。

"大事不好，高凌风！"徐克伟喘吁吁地说，"思洁特地来告诉我，夏小蝉说，她父母要她跟品学兼优订婚！"

"什么？"高凌风大叫。

"你还不赶快想办法！"徐克伟说，"再拖下去，你这个'大器'就'晚成'不了啦！"

高凌风瞪着徐克伟，然后，倏然间，他摔掉了手里的种子，也顾不了满手的泥土，转身就往校园跑去。徐克伟在他身后直着脖子叫："你去哪儿？"

"去图书馆找夏小蝉！"

冲进了图书馆，小蝉果然坐在阅览桌前看书。他直冲过去，旁若无人地大声叫："夏小蝉，你不可以这样做！你不能嫁他，不能跟他订婚！"

小蝉惊惶地抬头看他，四周的同学全被惊动了，纷纷抬起头来看他们。小蝉又羞又窘，抱起书本就往外面走，高凌风不顾一切地跟随在后面，她走往哪儿，他就跟往哪儿，不住口地说着："你这样不公平，就算是赛跑，他已经跑了半天我才起跑，好不容易我快追上他，你又把百公尺改成跑六十公尺，让他先到终点，我不服气！"小蝉悄然地抬起睫毛，看了他一眼，就又埋着头往前走。穿过草坪，前面有个小小的树林。小蝉走了进去，高凌风也跟了进去，嘴里不停地吼着：

"小蝉，你别发疯，这件事关乎你终身的幸福。我知道，在你父母眼里，那个品学兼优是个不折不扣的乘龙快婿！但是，你不能任何事情都听你父母的摆布！你应该问问你自己，你到底爱不爱他！"小蝉站定了，扬起睫毛来，她用那对黑幽幽的"大眼睛"深深地凝视着高凌风，轻声地说："你怎么知道我不爱他？"

"不可能！"高凌风大叫，"像他那样一个学电机的机器人，你怎么能和他谈情说爱？"

"他学了电机，就是机器人？"小蝉问，"那么，你学了森林，岂不成了大木头了？"

"他是机器人，我却不是大木头！"高凌风激动地嚷着说，"我爱音乐，爱唱歌，懂得什么叫感情。他只懂功课，只会研究机器……""你怎么知道？""我冷眼旁观过！"高凌风的脸涨红了，呼吸重重地鼓动着他的胸腔，"小蝉，你别想瞒我，你和他之间，一点共鸣都没有！我并不是要说他不好，我承认他好，他很好，他十全十美，而我，我浑身都是缺点，我不够用功，不够漂亮，不够成熟，但是，小蝉……"他深抽了一口气，痛楚在他的眼底燃烧，"我用我全身每一个细胞来爱你！我或许不是世界上最好的男孩子，但是，我是世界上最爱你的男孩子！"

小蝉定定地望着他，大眼睛里蒙上了泪雾，闪耀着光华，她的声音低柔而清晰："你以前没说过这种话。"

"没说过！但是你懂得，是吗？"他一把抓住了她的手腕，"如果你不懂，你就是白痴！"

"好了，凌风，"小蝉凝视着他，"你说了这么多，又吼又叫的，现在我倒要问问你，谁说我要订婚了？"

高凌风一怔，顿时又惊又喜。

"难道……那是谣言？"

"不完全是谣言，爸爸和妈妈要我和他订婚，因为他马上毕业了，但是……我并没有答应呀！"

"啊！"高凌风狂喜地大叫，"小蝉！"

忘形地，他一把把她拥进了怀里，用手紧紧地抱住了她。小蝉注视着他，眼里闪着泪光，高凌风深深地望着这对"撼人心魂"的大眼睛，终于，他长叹一声，把嘴唇贴在她那翕动的、轻颤的、楚楚动人的嘴唇上。

爱情，是一种"惊心动魄"的情绪，高凌风从来没有像这一阵这样疯狂，这样沉迷，这样喜悦，这样狂欢过。他所有那些"女孩子不过是女孩子，有什么了不起！"的观念全消失了！他想飞，想唱，想站在云端，大声唱出他的爱之歌。想告诉普天下的人，他在恋爱，而恋爱是如此震撼着他整个心灵的东西！在家里，高凌风的父亲不能不感染上儿子这份强烈的喜悦。儿子，是他的命根，他很少对高凌风深谈什么，但是，凌风自幼，母亲就离家而去。父子二人，相依为命。当了一辈子中学教员，对孩子的心理还不清楚吗？他知道高凌风，他是那种反应特别敏锐而强烈的孩子。从小，他有五分快乐，他就要夸张成十分，有五分悲哀，也要夸张成十分。而当父亲的，却永远在分享着他的喜悦与悲哀。他们父子间不需要过多的言语，"默契"是存在于两人之间的。

整个寒假，高凌风都兴致高昂而笑容满面，他唱歌，弹吉他，诉说他对未来的憧憬。

"爸，我将来要当一个歌唱家！当我在台上唱歌的时候，小蝉就坐在下面听。我会对观众说，我要唱一支歌，这支歌是为我心爱的太太而作的。"于是，他躺在床上大声地唱着："我可以不知道，你的名和姓，我不能不看见，你的大眼睛……"他的兴奋与喜悦，像是无止境的。身为父亲，只能默默分沾他的喜悦，却不好打破他过分美妙的梦想。夏小蝉！那个名门闺秀，是否知道他们父子二人所过的生活是何等清苦，何等简陋？寒假结束的时候，小蝉第一次来到高家，见了高凌风的父亲。坐在那简陋的小屋里，她好奇地东张西望，高凌风和父亲却弄了个手忙脚乱。那父亲望着小蝉，他一向知道儿子的眼光高，却也没料到小蝉是这样雅致、这样娇嫩的女孩，像春天枝头上的第一片新绿。事先，高凌风已经对父亲千叮咛、万嘱咐地说过："爸，你可别摆长辈架子，可别吓唬住人家。她又娇又害羞，在家里是被像公主一样侍候大的！"

"我懂我懂！"父亲慌忙说，"她在她家是公主，到我们家也是公主，我会很小心，很得体，不能让你没面子，是吧？"

现在，面对着这个娇滴滴、羞答答、嫩秧秧的"小公主"，那父亲竟然比这"公主"还紧张！可别给人家坏印象，可别砸了凌风的台！小心翼翼地，那父亲问：

"小……小……小蝉，我叫你小蝉，你不会介意吧？"

"高伯伯，你当然叫我小蝉啦！"小蝉微笑着说。

"好，好！"父亲一乐，就有点忘形，"小蝉，你不知道，这些日子，我天天听凌风谈你，小蝉爱穿白衣服，小蝉爱吃牛肉干，小蝉爱笑，小蝉爱哭，小蝉有个什么什么品学兼优……""爸爸！"高凌风皱着眉叫。

"哦，哦！"父亲醒悟过来，转头悄声问高凌风，"我说错话了，是不是？""别提那个品学兼优！"

"是的，是的，我看，我还是去厨房吧！"

"我去！"高凌风说，"我去！你陪小蝉！"没有主妇的家庭，爷儿两个总是自己做饭吃。小蝉惊奇地望着他们，她从没见过两个男人组成的家庭，从不知道男人也会烧饭！但是，当她在高家吃过一餐饭后，她一生也忘不了那天的菜单：蒸蛋、炒蛋、咸蛋、皮蛋、荷包蛋、卤蛋……简直跟蛋干上了！高凌风在她耳边悄悄说：

"我们父子两个只会弄蛋！你可别骂我们是大笨蛋啊！"

小蝉忍不住"扑哧"一声笑了起来，高凌风也笑，那父亲看到这一对喜悦的年轻人，就也忍不住跟着笑了起来。一时间，陋屋里也充满了欢笑，充满了春天的气息。只是，那父亲却不能不暗暗地担上一层心事，这"小公主"如此雅致高贵，他那个散漫不羁的儿子，真能长期拥有这份幸福吗？

高凌风却没有那么多心事！整天，他和小蝉欢笑，跳跃在阳光里，尽情享受着青春和爱情。他们曾并躺在草地上看蓝天白云，他告诉她他的梦想，他的希望，他的未来，他的"伟大的远景"！"像安迪威廉斯、汤姆钟斯、法兰克辛那屈、普里斯莱……我崇拜他们，我羡慕他们！知道吗？小蝉，我要当一个歌唱家！一个大演员！我有歌唱和演戏的天才，你信吗？小蝉，歌唱和戏剧是一种艺术，一种伟大的艺术！你看看我，我像个艺术家吗？"小蝉为他的豪情所感染，望着他，她只是笑容可掬。但是，这"艺术家"终于要面临考验了。一天，小蝉告诉他：

"你知道吗？何怀祖仍然在追求我。"

"不提他行不行？"高凌风蹙紧眉头。

"凌风，"小蝉担心地低下头去，"你不知道，我和怀祖是从小一块儿长大的，家里以为我们的事已成定局，现在半路杀出你这个程咬金，妈妈和爸爸很不开心。但是，他们不是那种要干涉儿女婚姻的父母，他们只对我说，'把你的艺术家带回来给我们看看！'所以，凌风，你必须去见我的父母，这对你，是一件很重要的事！"

高凌风用手直摸脑袋。

"你干吗？"小蝉问。

"我在想，"高凌风吞吞吐吐地说，"碰钉子的时刻终于来了！"

"别那样泄气，我爸爸妈妈又不是老虎！"

"我不怕老虎，我只怕你父母不能慧眼识英雄！"

"你是英雄吗？"小蝉笑弯了腰，"别不害臊了，我看你倒有点像个狗熊呢！"

"好！你骂人，我当狗熊，你只好当狗熊夫人，你又有什么光彩？"

"胡说八道！"小蝉红了脸，笑着说，"管你是英雄也好，是狗熊也好，下星期天，去我家见我父母！"

第五章

　　这一天终于来临了。坐在夏家那豪华的大客厅里，踩着又厚又软的地毯，看着那整片的落地长窗和丝绒窗帘，闻着满屋子的花香，吹着凉阴阴的冷气，望着落地窗外花木扶疏的院落……高凌风从头到脚都不自在，那种又陌生又拘束的感觉压迫着他，夏继屏夫妇那锐利的眼光，一直在他脸上、身上打转，使他比参加大专联考时还紧张。在这屋里，什么都是陌生的，连平日和他最接近的小蝉，也变得严肃而疏远了。

　　"听小蝉说，"夏继屏打量着他，"你是学森林的。"

　　"是的，我在森林系三年级，明年暑假就毕业了。"他局促地回答。"毕业以后有什么打算呢？你们学森林的，是不是要上山去工作？""原则上是的。但是，我的兴趣并不在山上，我预备在歌唱上去谋发展。"他坦白地回答。

"哦,"夏太太——小蝉的母亲——紧盯着他,似乎在研究他的相貌和体形,"你预备当一个声乐家?像斯义桂和卡罗素?你受过正规的声乐训练吗?"

"不不!"高凌风解释着,"您误会了!我不要当斯义桂和卡罗素,我倒崇拜披头和汤姆钟斯!"

"你的意思,是想当一个歌星?"夏太太困惑地问,好像听到一件十分稀奇的事情。

"也可以这么说。"夏继屏的眉头不由自主地皱拢了起来,他望着面前那张年轻的、充满自信与傲气的脸孔。

"你会唱歌,这倒也不错,"他沉重地说,"不过唱歌这玩意儿只能消遣消遣,你是个农学院的大学生,却想把歌唱作为前途事业吗?"

"有什么不可以呢?"高凌风忍不住扬起了眉毛,"慷慨激昂"地说,"这时代哪一行都能出人头地,在美国,猫王啊,平克劳斯贝啊,都是亿万富翁而且受人尊敬,在英国,女王还封爵位给披头呢!"

"哦!"夏太太眼光凌厉地看着他,"你是不是能唱得像披头和猫王一样好呢?"高凌风激动了起来:"我并没有说我唱得和他们一样好……"

"那么,你也做不了猫王和披头了?"夏太太口齿锐利地接口说。"我却做得了高凌风!"高凌风朗声回答。

"很好,"夏继屏点着头,声音却显得相当僵硬了,

"你似乎志气不小，但是，你怎么样开始这个事业？你预备在什么地方唱？""夜总会也可以，歌厅也可以……""夜总会和歌厅！"夏太太打断了他，"你预备唱些什么？在中国你总不能唱外国歌，那么，必然是那些哥哥呀，妹妹呀，爱情呀，眼泪呀，或者是黄梅调和莲花落了！"

听出夏太太语气里的讽刺意味，高凌风顿时被刺伤了。忽然间，他觉得自己在和两个"月球人"谈话，彼此说彼此的，完全无法沟通。他跳了起来，愤怒涨红了他的脸，他激怒地说："伯母，我不是来接受侮辱的！"

夏太太蹙紧眉头，深思地看着高凌风。

"我并没有侮辱你，我只是和你谈事实，难道我说的不是事实吗？如果你觉得这是侮辱，那只能怪你选择了这么一个奇怪的志愿！"

"听我说，高凌风！"夏继屏接口说，"台湾的情况和欧美不一样，欧美能够有猫王和披头，台湾并不需要猫王和披头，需要的是脚踏实地去干的青年！"

"您是在指责我不脚踏实地了？"高凌风愤然地问，声音里充满了恼怒与不稳定。"不错！"夏继屏深沉地回答。

高凌风瞅着他，那年轻的脸庞由红而转白了，他忍不住冷笑了起来："没料到你们连歌唱是一种艺术都不知道！你们地位显赫，却如此思想保守，眼光狭窄……"

小蝉再也按捺不住了，在父母和高凌风谈话的时间内，她始终苦恼焦灼，而沉默地待在一边，现在，她跳了起来，警告地、大声地阻止着凌风对父母的冒犯。在她二十年的生涯里，从没对父母有过忤逆与不敬的行为。

"凌风！不许这样！"她喊着。

高凌风很快地看了她一眼，他心底像被一把利刃刺透，小蝉！小蝉也站在她父母一边？在这栋豪华的住宅里，他高凌风是孤独的，寂寞的，寒酸的……他不属于这屋子，不属于小蝉的世界！"让他说！"夏继屏仍然深沉而稳重，语气里却有一股极大的力量，"高凌风！我们都是思想保守、眼光狭窄的老古董！你自以为是天才艺术家！是吗？我告诉你，你或者能唱唱歌，但是，唱歌不是一个男子汉的事业！我对你有一句最后的忠告，与其唱歌，不如去干你的本行，森林！"

"我想我有权利选择自己的事业！"高凌风大声喊。

"你当然有权利！"夏继屏紧紧地盯着他，"你还没有受过这个社会的磨炼，你根本没有成熟，除了做梦以外，你什么都不懂！"

"做梦？"高凌风喘着气，深沉地、悲愤地看着夏继屏，"我还能做梦，可悲的是，这世界上太多的人，已经连梦都没有了！"夏继屏震怒了！这鲁莽的、眼高于顶的浑小子，乳臭未干，却已懂得如何刺伤别人了！他恼怒地说：

"你太放肆了！高凌风！你眼高于顶、浮而不实！只怕将来是一事无成！从今天起，我只能警告你，你可以做梦唱歌，当歌星，当猫王，当披头，但是，你却从此不可以和我女儿来往！"高凌风高高地昂着头，他直视着夏继屏，狂怒而坚定地，一字一字地说："伯父，我很尊敬你，你可以骂我眼高于顶，浮而不实，你可以轻视我的志愿，藐视我的未来。但是，你无法限制我的感情，我告诉你，我爱小蝉，爱定了！"

说完，他转过身子，就大踏步地直冲出夏家的客厅。小蝉目睹这一切，她昏乱了，慌张了，手足失措了！她身不由己地追着高凌风，大叫着：

"凌风！凌风！"

"小蝉！"夏太太喊，"别追他！你回来！"

小蝉站定了，望着父母，她满面泪痕，声音哽咽，她呜咽着对父母喊："你们为什么不好好和他谈？你们为什么不设法去了解他？"喊完，她抛开父母，仍然直追出大门。

外面，高凌风已经气冲冲地走到阳明山的大道上了。沿着大道，他像个火车头般喘着气，往前直冲。生平没有受过如此大的侮辱，生平没有受过这么多的轻视！他直冲着，脚步又快又急，后面，小蝉在直着脖子喊：

"凌风！凌风！你等我！凌风！"看到高凌风固执地往前走，她伤心了，她哭着喊，"高凌风！你是在和我爸爸妈妈生气呢，还是在和我生气呢？"

高凌风站住了，回过头来，他望着小蝉。小蝉奔近了他，喘吁吁的，带泪的眸子哀怨地瞅着他。他一把抓住小蝉的胳膊，急切地说："小蝉！和我私奔吧，我们去法院公证结婚！"

小蝉大吃了一惊。"你在说些什么？"她愕然地问。

"你知道吗？你父母是两个老顽固！他们要给你招一个驸马爷，我只是个浪子，不是驸马的料，所以，我只好拐跑你！跟我走！小蝉！吃苦，我们一起吃，享福，我们一起享！跟我走！小蝉！"

"你在胡说些什么？"小蝉惊愕而不信任似的望着他，"你明知道我永远不可能背叛我父母！如果你想要我，你就必须取得我父母的谅解！"

"你父母的谅解！"高凌风冷笑了，"他们永不会谅解我！我和他们之间隔了二十年！这二十年是多大的一条代沟！"

"你不能都怪我父母！"小蝉气恼而矛盾，"你想想看，你刚刚是什么态度！而且，我父母的话也有道理，唱歌真的不是一个男人的事业……""哈！连你也否决我了！"

"不是，凌风！"小蝉急得满眼眶的泪水，"我相信你有才气！我永远忘不掉你那支《大眼睛》！可是，我是我爸爸妈妈的乖女儿，他们做梦也无法把我和歌星联想在一起！你……你如果真爱我，难道不能和我父母妥协……"

"放弃歌唱吗？永不！"高凌风吼着，"你休想要我放弃我从小的愿望！你休想！""那么，你就要放弃我！"

"也休想！"高凌风固执而倔强，"我要你，也要歌唱！缺一不可！你如果爱我，你就不要管你的父母……"

小蝉猛烈地摇头，仓促地后退。"不！不！不！"她喊着，伤心而绝望，"你什么都不能放弃，却要我放弃我的父母？你是个疯狂而自私的人物！我父母养我，育我，爱我！我不能，绝不能！"她掩面而泣，反身向家里狂奔而去。高凌风站在那儿，瞪着她的背影消失。顿时间，他觉得胸口剧痛而五内如焚，在这一瞬间，他忽然有个强烈的预感，他要失去小蝉了。

第六章

放暑假了，整个暑假，高凌风见不到夏小蝉。他暴躁，易怒，而烦恼，但是，小蝉却踪影全无。他打过电话，夏家听到他的声音就挂断电话，写过信，却完全石沉大海。急了，他去求救于李思洁，李思洁带来的消息却令他寒心。

"高凌风，你不知道，夏小蝉每天被她父母用软功，她生来就是那样娇柔的人，怎么禁得起她母亲的死劝活劝。据我所知，小蝉已经动摇了。她说，你就像你的名字，是一阵狂风，猛烈而不安定。何怀祖呢？像一棵大树，稳定而能给她庇护……""何怀祖！"高凌风暴躁地叫，"那个阴魂不散的何怀祖怎么又冒出来了？""不是又冒出来了，"李思洁说，"是从来没有消失过。现在，何怀祖在受军训，他每天一封情书，每星期回台北来见小蝉一次。你知道，小蝉一向不是意志力很强的人，何怀祖和她是青梅竹马，两方的家庭又都是世交。发生了你的事情之后，夏家又极力撮合他们。所以，据我看，高凌风，你是凶多吉少！""不行！"高凌风猛力地捶着桌子，"李思洁，你帮我安排，我必须见小蝉！""没有用的，高凌风，我对小蝉说了。她说，见了你只有让她更苦恼，她要冷静地思考一阵。"

"冷静！"高凌风大喊，"我这儿整个人都像火烧一样，她居然能够冷静！"李思洁望着他直摇头。

"我觉得，你们两个从一开始就是困难重重，如果我是你，早就放弃了！""放弃？"高凌风吼着，"我的生命里，从没有放弃两个字！"

但是，不放弃又能怎样呢？新的学期开始了。小蝉所有的课和高凌风的都不一样，她躲避他，不见他。守在校门口，高凌风捉住了小蝉："小蝉，你说清楚，你是不是预备一辈子不见我了？"

小蝉摔开了他的手，挣扎着喊：

"凌风，你饶了我吧！"

她跑了，跳上一辆计程车，她连课也不上，就干脆回家了。高凌风怔在那儿，然后，他狠狠地跺了一下脚。

"不放弃！不放弃！我永不放走你！夏小蝉！"

然后，像是一声霹雳，消息传来，夏小蝉和何怀祖终于正式订婚！报上的订婚启事登得明明白白，一切都已经是无法怀疑的事实！高凌风待在卧室里，望着自己书桌上那张小蝉的照片，他在桌上猛捶了一拳，那镜框被震倒在桌面上，高凌风拿起镜框，用力捏紧，他浑身颤抖地对镜框狂叫：

"你骗我！骗我！骗我！你不可能跟他订婚！这一定不是你心甘情愿的！是你父母逼你的！小蝉，你懦弱，你懦弱！你懦弱！你为什么不反抗？为什么不反抗？"

"凌风！"父亲悄然地站在他身后，"算了吧，别折磨自己了！""不行！"高凌风把镜框摔在桌上，"我要去找她！我要去找她！"他回身就跑，"我要问清楚！"

父亲一把抓住了他，死命地拉住了他的衣服。

"凌风！你别发疯了！你不要去闹笑话！"

"爸爸！你放开我！让我去！"高凌风狂叫着。

"凌风，你冷静一点，你听我说！"

"冷静？爸爸！你叫我怎么冷静？我的女朋友跟别人订婚了，我应该怎么样？带份礼去向他们道贺？笑着向他们恭喜？爸爸，你不了解我，我从没有这样爱一个女孩子，我不能眼睁睁地看她躺在别人怀里！"

"那你要怎么办？"父亲也激动了起来，"他们已经订婚了，你去打架？你去抢人？这都不是解决问题的办法！你要是真正的男子汉，你就应该挺起来咬紧牙根，去承受这个打击，男子汉大丈夫，何患无妻？他们看不起你，你更应该争口气给他们看！这才算你真正有性格，有骨气！凌风，你心痛，爸爸看了更心痛，可是，你不能乱来呀！"

高凌风闭紧了眼睛，痛楚地一拳捶在镜框的玻璃上面，玻璃碎了，碎片一直刺进高凌风的皮肤里，血渗透了出来，模糊了那张照片。父亲尖叫着：

"凌风！你干吗？"高凌风迅速地回转身子来，脸色苍白如纸："我必须去找她！我必须！"

他冲出了家门，冲上了街道，在夜色中向前疾奔，踉跄着，他叫了一辆计程车，直驰向阳明山。夏家的铁门阖着，门内，是那花木扶疏的院落，他发疯一样地按着门铃。然后，一个下女来开了门，看到是他，就急于要关门，他用脚抵住了大门，直冲到院子里，他站在草坪上，浴在月光中，放声狂叫："小蝉！夏小蝉！你出来！"

夏太太跑了出来，站在门口，直视着高凌风：

"高凌风，你要我报警吗？"

"伯母！"高凌风压抑着自己，生平第一次这样低声下气，他近乎恳求地说，"请你让我见她一面！"

"对不起，你不能见她！高凌风，你就让她过过平静日子吧！小蝉已经订婚，不是当初的小蝉了，你聪明，也懂事，就不要再纠缠她了！"

"伯母，你如果了解感情……"

"我了解，我很了解，我知道你痛苦，可是我爱莫能助！"

高凌风再也按捺不住，大吼大叫：

"你了解？你什么都不了解！我要见小蝉，我非见她不可！谁也阻止不了我！"他又放声高呼，"小蝉！小蝉！小蝉！"

那整栋大楼都寂无声响，小蝉隐在何方？高凌风仰头望着那幢高楼大厦，那些灯光闪烁的窗子，那些飘荡的窗纱，那压迫着人的沉寂……小蝉，小蝉在何方？他退后了一步，抬着头，发出一声裂人心魂的狂叫：

"小蝉——！我爱你！"

一阵楼梯响，一阵门扇的开合声，小蝉从屋里直冲了出来，她穿着件白纱的洋装，披着一头乌黑的长发，那对"大眼睛"里闪满了泪光，脸上是一脸的迷乱与痛楚，站在门内的灯光下，她嚷着说："凌风，你真的发疯了吗？"

高凌风"奔"了上去，不顾一切地抓住小蝉的手，他喘息着说："小蝉，要见你一面，竟比登天还难！"

夏太太拦了过来，严肃地说：

"小蝉，你进去！"

高凌风死命拉住小蝉的手腕。

"小蝉，给我几分钟，我一定要跟你谈一次！否则，我会日日夜夜，从早到晚守在你家门口，我说得出，我就做得到！你信吗？"

"我信！我信！"小蝉啜泣着说，"好，我们出去谈！"她回头望着母亲："妈！我要跟他谈一下。"

"小蝉！"夏太太担忧地叫。

"妈，请让我跟他谈一谈！"

夏太太摇摇头，叹口气：

"小蝉，只要你记住你自己的身份！只要你知道自己在做些什么，只要你不伤父母的心！"

小蝉俯头不语，高凌风拉着她的手，把她一直拉出了大门。沿着阳明山的大道，他们向前无目的地走着。山风在他们身边穿过，流萤在草丛里闪耀着微光，天际，无数的繁星，在穹苍中闪亮。山下，台北市的万家灯火，正在明明灭灭。

他们在一株大树下的石椅上坐下来。小蝉哀怨地、含泪地瞅着他："凌风，你就不能对我放手吗？"

"不能！""你知道，我要和怀祖结婚了！"

"你不会嫁他！""如果我会呢？""我等你！""我结了婚，你还等什么？"小蝉愕然的。

高凌风死盯着她："等你们离婚！""我不离婚呢？""等他早死！"小蝉惊讶地看着他，眼睛里充满了迷乱。

"他不早死，他活一百年呢！"

"我等一百年零一天的时候娶你！"

小蝉睁大了眼睛，一眨也不眨地望着他。高凌风也热烈地回视着她，他眼底所燃烧着的那份痛楚与坚决把她折倒了，她更加迷乱更加无助了。她的嘴唇翕动着，泪珠泫然欲坠。好半晌，她说不出话来，只在高凌风专注的凝视下震颤。然后，她终于说："凌风，我对你就这么重要吗？"

"比你所体会的更重要！"高凌风咬着牙说，"从在心理学教室中第一次见到你，我就知道了，你是我这一生，唯一所要的女孩子！我要你，要定了！你订婚，我要你！你结婚，我要你！你离婚，我要你！你当了寡妇，我还是要你！"

小蝉眉端微蹙，眼泪沿颊滚落。

"凌风，你真固执，知道吗？"

"知道。""你真讨厌，知道吗？"

"知道。""你真逼得我不知如何是好，知道吗？"

"知道。""可是……"小蝉哭了，她无助地，挣扎地说，"我真爱你，你知道吗？"高凌风深抽了口气，一阵狂欢下，他竟觉得头晕目眩。伸手揽住小蝉的肩，他面对着她。小蝉拼命地摇着头，迷乱地、喃喃地、苦恼地说着："我好苦，好苦。父母的亲命难以违背，怀祖的柔情难以抛躲，而你，你……你……你却带给我多大的甜蜜的疯狂！啊，凌风！我投降了，我投降了！我承认我爱你！爱你！爱你，爱你……"高凌风一把紧拥住她，他的嘴唇疯狂地压住了她的，带着战栗的喜悦，和灵魂深处的渴求，他辗转地、紧迫地、深沉地吻着她，堵住了她那继续不断的呢喃。

于是，历史又改写了。于是，失去的又复得了。于是，这晚，小蝉回到家里，站在父母的面前，她大声地、坚决地、不顾一切地，向父母郑重地宣布了：

"爸爸，妈！你们说我疯了也好，说我瞎了眼睛也好，说我没头脑也好，说我鲁莽糊涂也好！我要和何怀祖退婚！你们骂我吧！骂我不孝，骂我没出息，骂我拿订婚当儿戏……随你们怎么骂我，我都承认！我只要跟高凌风在一起！永远跟他在一起！"说完，她转身就跑。父母面面相觑，都呆了。

第七章

接下来的一段日子，高凌风又飞上了青天。他笑，他唱，他跳，生命里还能有多少喜悦，多少狂欢呢！他每日和小蝉见面，无数的笑容，无数的眼泪，无数的海誓与山盟！一段分手后的相聚更加珍贵，一段挫折后的重圆更加甜蜜。再加上，那个"品学兼优"在失恋之余，就出国修博士去了。阴影既除，高凌风怎能不手之舞之，足之蹈之呢？他为小蝉又作了一支歌，整天不断地哼着：

> 女朋友，既然相遇且相守，
> 共度好时光，携手向前走！
> 乘风破浪，要奋斗不回头，
> 与你同甘苦，青春到白首！
> ……

与你同甘苦，青春到白首！高凌风哼着，唱着："自从有了你，欢乐在心头，只盼长相聚，世世不分手！"哦！唱歌吧！欢笑吧！恋爱吧！这世界美得像一首诗！好得像一支歌！

"爸爸妈妈拿我没办法，他们说我是叛徒！凌风，为了你，我在父母心目里的地位，已一落千丈。"小蝉说，"但是，我不后悔，总有一天，他们会谅解我！"

"我不会辜负你，小蝉。"高凌风郑重地说，"我知道你为我受了多少苦，多少辛酸，我会好好爱你，小蝉！用我整个生命来爱你！"那段日子，高凌风和小蝉，徐克伟和李思洁，他们四个总在一块儿玩，一块儿疯，一块儿计划未来，一块儿说梦，一块儿享受着青春与欢乐。快乐的日子似乎特别容易消逝，转眼间，春去夏来，高凌风和徐克伟都毕业了，马上，就要入伍受军训，面临的是和小蝉、李思洁的离别。

离别，是天下最苦的事情，对高凌风而言，更是"离愁"再加上"担心"。把小蝉的手放在李思洁的手里，他不止一次地、诚恳地、祈求地对李思洁说：

"李思洁，帮我照顾她！帮我看牢她！"

"哎，凌风，你还不信任我？"小蝉问。

"小蝉！"高凌风默默摇头，握紧了小蝉的手，"你什么都好，就是优柔寡断！我在你眼前，你不会变，我走了，谁知道那个何怀祖会不会追回来……"

"哎呀，凌风，别乱操心了，何怀祖急于拿博士，才不会回来呢！他不像你这样动不动就发疯发狂的！"小蝉说，深深地注视着高凌风，"何况，我誓也发了，咒也赌了，你要怎么样才相信我？好吧，我告诉你，如果我再变心，就让火车把我撞得粉碎，撞得……"

高凌风一把用手蒙住小蝉的嘴，把她拉进了怀里，他哑声说："别赌咒，小蝉！别说这种话！千万不要！即使你将来变了心，我也要你完整而健康，好让我——"他哽咽了，"还有机会等你！"小蝉抬头望着高凌风，惊愕、感动而热烈地大喊了一声："凌风！千军万马也不可能把我从你身边拉开了！哦！凌风！你不可以流眼泪，如果你流泪，我就要放声大哭了！凌风！"高凌风紧拥着她，吻她，又吻她。

"怎么回事？"徐克伟不解地望着他们，"高凌风，你不过是去受训，碰到假日就可以回来，又不是生离死别，你们这是在干吗？""他们才恩爱呢！"李思洁噘着嘴说，"谁像你那样麻木不仁！""呵！思洁，"徐克伟说，"原来你也要我吻你！直说好了，兜什么圈子呢！""胡说八道！"李思洁又笑又骂。

离别的时刻终于到了。"惜别尽俄延，也只一声珍重！"高凌风和徐克伟上了火车，眼见小蝉和李思洁在月台上的身影越来越小，高凌风站在车厢门口，不住地凝望，不住地挥手，心里却像刀剜般的痛楚。小蝉悄然伫立，长发飘然，他忽然觉得，这真是"生离死别"一般。

经过三个月的集训，高凌风被分发到南部，军中生活规律而有秩序。除了相思，是无了无休的折磨以外，他过得严肃而紧张。他每天最大的喜悦，是收小蝉的信，每天最固定的工作，是给小蝉写信。小蝉几乎每天都有信来，道不完的相思，说不完的珍重，看样子，月台上的担心都是杞人忧天，他的小蝉不会再变了！他的小蝉是痴情而坚定的！

但是，但是，但是……人生的事是"绝对"的吗？谁能料得准未来，控制得了命运？

这天，忽然间，高凌风收到李思洁一个紧急电报：

S—O—S—小蝉偕其父母即日赴美，速归，
洁。

高凌风只觉得脑子里轰然一响，眼前立即金星乱冒。仓促间，他居然还能冷静地奔去请了假，又奔去买到台北的车票，再打长途电话给李思洁，李思洁只是焦灼地喊：

"我到车站来接你，一切见面再谈！反正一句话，小蝉是身不由己，她父母买好机票，对她说度假两个

月……她又相信了，你快来，或许还来得及阻止！"

从来不知道，火车的速度这样慢！为什么人没有翅膀，可以立刻飞往台北。哦，小蝉，小蝉，他心里喊了一千声，一万声……小蝉，小蝉，求求你别走，求求你！小蝉，不要太残忍！不要太残忍！火车终于到了台北，他挤出车站，李思洁一把抓住他，泪眼模糊地喊："他们又提前了一班飞机，就怕你赶回来阻止！现在已经都去了机场，恐怕飞机都起飞了！"

他的心脏被冰冻住了，而脑子里却像燃烧着一盆烈火，周身又冷又热，一句话也说不出来。叫了计程车，直驰向机场，在计程车里，李思洁语无伦次，颠颠倒倒地叙述：

"小蝉事先一点都不知道，她父母是瞒着她办的出国手续，小蝉连写信的时间都没有，她和我通电话，只是哭，要我告诉你，她只去两个月，马上就回来，我叫她不要去，她只是哭，说不能让父母伤心，说她一定回来，一定回来……"李思洁再说了些什么，高凌风是一个字也听不见了，他的心在剧烈地绞痛，痛得他满头冷汗。车子在机场大门口停了下来，他跳下车，冲进机场，机场的人怎么那么多！他踉跄地、急切地挤向出境口，嘴里开始疯狂地叫着：

"小蝉！小蝉！小蝉！"

挤到了出境口，他一眼就看到了小蝉！她在出境室里面，正被父母拉着往前走，高凌风狂呼：

"小蝉！你回来，你不要中计！小蝉！"

听到呼唤，小蝉回过头来了，大叫了一声，她急欲奔出来，但是，夏继屏夫妇架着她继续往前走，她只能做手势，喊着，她越走越远，高凌风无法进入出境室，也听不见小蝉喊些什么，他眼见她的身影消失。这一道玻璃门，竟如天堑般难以飞渡！慌乱中，他一转身，奔向二楼，又奔向瞭望台，抓着那铁丝网，他眼睁睁看着小蝉在机场上走向飞机，他撕裂般地狂吼了一声："小蝉！你回来！请求你！"

小蝉回过头来，对瞭望台上的他比着手势，不住口地说着，说着，而他一个字也听不到，他抓紧了铁丝网，不顾一切地狂喊："小蝉！你回来！你发过誓！你不要傻！你这一去，不是两个月，你走了，就再也不会回来了！小蝉！你不要太傻，不要太傻！不要！不要！小蝉……小蝉……"

小蝉被拖上了飞机，消失了踪影，他还在说，还在说，还在说，说些什么，他自己也不知道，他只是说着，求着，说着，求着……飞机在跑道上滑行，他继续说着，喊着，求着……飞机终于破空而去。他把额头抵在铁丝网上，顿时间，全身的力量都失去了，他弯下腰，痛苦地瘫在地上。

第
八
章

　　小蝉走了一年半了。高凌风坐在那参天古木的原始
森林里，望着徐克伟指手画脚地对伐木工人说话，望着
那电锯迅速地在千年古树上碾过去，望着那巨木倾斜，
和由缓而快地砰然倒下。奇怪，一棵大树的成长要上百
年千年，被斫倒却只需十分钟！破坏一向比建设来得容
易！他凝视那躺倒在地上的巨木，仍然绿叶婆娑，仍然
枝丫分歧，在那斑驳的树干上，还长着一层厚厚的青苔。
这样一棵树，还需要经过多少道处理，才能变成一块有
用的"良材""栋梁"！"栋梁"，古人早就有"栋梁"二
字，原来，"栋梁"是需要天时地利，百年以至千年的培
育！而人呢？一个人的成功，又要经过多久的磨炼呢？
他用手托着下巴，对那棵树愣愣地发起呆来。

　　徐克伟走近他的身边。

"今天上午的工作完了，"他轻松地拍拍衣服上的树叶和木屑，"我们走走吧！凌风！"

高凌风站起身来，他们并肩走在那阴暗的丛林里，密叶浓遮，阳光几乎完全射不进来，林内落叶满地，而风声飒然。徐克伟深深地看了高凌风一眼："凌风，你来山上快一个月了，觉得怎么样？"

高凌风耸了耸肩："没怎么样，枯燥而乏味！"

"凌风！"徐克伟忍不住说，"你对森林有成见！以前我们一起念书，你的聪明才智都超过我，功课也比我好，可是，你就是不能把你的感情和森林糅合在一起……"

"我的感情！"高凌风不耐地打断了他，"我的感情在美国追小蝉呢！"徐克伟愕然地看着高凌风。

"你还没对小蝉死心呀？她说只去两个月，现在去了一年半了，你还有什么梦可做呢？"

"我反正等她！""你的人生，就被你的固执所害了！"徐克伟注视着他，"拿工作来说吧，以前我念森林系，也是糊里糊涂考进去就念了，既谈不上兴趣，也谈不上抱负。可是，一旦来山上工作，才发现山林的伟大，和自然的神奇……"

"我不觉得有什么伟大！"高凌风又打断了他。

"你也不觉得我们育林、造林、植林、种苗的价值吗？"

"我承认这些事情有价值！只是我没有兴趣！我要下山去唱歌！""你还是要唱歌？""我从没有放弃过唱歌

的念头，我这一生，对我真正有意义的事只有两件！一件是唱歌，一件是和夏小蝉结婚！我要做到这两件事！"

"我以为……什么唱歌、弹吉他，敲锣打鼓那一套，只是孩子时代的玩意儿，现在我们长大了，应该正面来面对生活了！说真的，凌风，你应该留在山上工作，山上一直人手不够，每年森林系毕业的学生，都不上山而出省，这已经够滑稽。你呢？更怪了，你要唱歌……"

"好了！好了！"高凌风恼火地叫，"你的语气倒有点像小蝉的父亲，是什么因素把你变成了一个只会说教的老头子！"

"我不是说教！"徐克伟也有些激动起来，"我只是从一个孩子变成了大人！而你，还是个小孩子，还停留在十八岁！"

"我停留在十八岁！你已经让这些老树把你变成了八十岁！我宁可停留在十八岁，也不愿意变成八十岁！我明天就下山！"高凌风吼着，"你不可理喻，四年大学全是白念！"徐克伟也吼着："年龄越大，你倒越来越任性和固执了！"

"你老气横秋，年轻人的朝气全没有了！你的冲劲呢？活力呢？热情呢？你老了！徐克伟，你已经老了……"

徐克伟站住了，他一把抓住高凌风的衣服，激动而恼怒地叫着说："你看看我，凌风！我的肌肉结实了，我的皮肤晒黑了，我的思想成熟了！当年我们在学校里追女孩子，做梦说梦的时代都过去了。我们必须面对现实！你看看你自己吧！憔悴，苍白，精神萎靡，前途茫茫……至今，你仍然像只没头苍蝇一样嗡嗡乱飞……到底我们谁没有冲劲活力？谁老气横秋？"

"你不可能把我变成你！"高凌风叫着，"你安于现状，你喜欢森林，你又娶了你所爱的女孩子……你处处都比我强，比我顺利……"

徐克伟望着高凌风那苦恼的眼睛、那落寞的神态，和那憔悴的容颜，他顿时心软了。吵什么呢？高凌风，他像个寂寞的孤魂，小蝉走了，把他所有的欢乐就都带走了！留在这儿的，只是个寂寞的躯壳。他叹了口气：

"算了，凌风，我们哥儿两个，有什么好吵的。反正，每个人有自己的道路和志愿。我们回去吧！思洁还等着我们吃中饭呢！"走出了那茂密的丛林，天色阴阴暗暗的，远处的云层堆积着，山风吹来，带着深重的凉意。他们沿着山上的小径，回到林场的宿舍，李思洁早已倚门盼望了。

坐在饭桌上，李思洁一面端菜端碗，一面笑望着高凌风，说："怎么？明天真的要下山？"

"真的！""还要当汤姆钟斯？"李思洁笑盈盈地。

高凌风望着李思洁，脑子里蓦然浮起李思洁和夏小蝉在上心理学的情形，一个穿蓝，一个穿白，喁喁而谈，悄悄私语。如今，李思洁和徐克伟已成夫妻，夏小蝉却

漂洋过海，音讯全无！

他低叹了一声，忽然说："思洁，我不了解你！"

"怎么？""我觉得你是个都市味道很重的女孩子，又读到大学毕业，你怎么能放弃山下的繁华，安静地待在这个枯燥乏味的山上？"

李思洁笑了笑，看了徐克伟一眼："别忘了，我是一个女人！对一个女人来说，爱情在什么地方，什么地方就是我的窝！"

高凌风觉得心里微微一震，他深思地望着徐克伟和李思洁，是的，爱情在什么地方，什么地方就是女人的"窝"。那么，小蝉的"窝"在哪里？李思洁似乎看出了高凌风的思想，她嫣然一笑，打岔地说："放心，高凌风，你将来总会碰到一个女孩子，愿意跟你上山或下海！"

"将来？"高凌风问，"为什么要用将来两个字，难道你还不知道，我对小蝉是永远不会死心的！"

"你……"李思洁欲言又止，叹口气，她摇摇头，"你真是我见过的男孩子里最固执的！"

外面有人敲门，一个邻居的小孩子在叫：

"徐叔叔，有你们家的信！"

李思洁站起身来走出去，立即，她握着一个厚厚的信封走了进来，满脸的笑容与惊喜，她说：

"嗨！凌风，真是说曹操，曹操就到！你猜是谁的信？"是小蝉写给你的！我上星期才写信告诉她你在山上……"

李思洁的话没说完，高凌风已跳起身子，一把抢过了那封信，看看封面，他就"唷呵！"地大叫了一声，紧握着信封，他发疯一般地冲出了屋子。

喜悦来得太快，高凌风简直不知道该如何应付，好久没接到小蝉的信，他已经怀疑她把他忘记了。但是，现在，小蝉的信又来了！他的小蝉！他紧握着信封，一直奔进了树林，奔到丛林深处，他要独享这份快乐。然后，他喘息着靠在一段树干上，望着那信封，他把信贴在胸口，默祷三分钟！然后，他拆开了信，抽出信笺，一张照片跌落在地上。他俯身拾起那张照片……他的呼吸停止了两秒钟，头脑里一阵昏乱与眩晕。但是，他却出奇地冷静，出奇地麻木，他凝视着那张照片，小蝉，好美，美得令人难以相信。只是，她头上披着婚纱，何怀祖站在她身边，正把一个结婚戒指套向她的手指。

他打开信笺，机械化地、下意识地读着上面的句子：

凌风：

接到这封信，你一定恨透了我，我能说什么呢？自从来美国以后，怀祖的深情，父母的厚意，使我难于招架。我一直是个没有主见的女孩。我想，我是不值得你爱的。你也说过，我柔弱，我心软，我优柔寡断。事实上，我浑身都是缺点。请你不要再以我为念！忘记我吧，凌风！我不敢请求你的原谅，只能请求你忘记我……

　　信笺从他的手上飘落到地下，一阵风来，信笺随风飞去。他低垂着头，麻木地往前走着。风大了，树林里全是风声，一片片的落叶飘坠下来，落了他一头一身。他站定了，蓦然间，他仰头狂叫："啊……"他的声音穿过树梢，透过森林，一直冲向层云深处。

第
九
章

　　三个月过去了。高凌风在屋子里来来回回地踱着步子，从房间的这一头走向那一头，数着自己的脚步，数着窗外的雨声，数着求职失败的次数。三个月来，他去过每一家夜总会，见过许许多多的经理，但是，竟找不到一份工作！

　　"凌风！"父亲心痛地望着他，"你心里有什么烦恼，你就说出来吧！"高凌风在床沿上坐下，用手抱住了头。

　　"我知道你心里的苦闷，知道你不开心，或者，是我不好，当初你要学音乐，我不该要你学森林！"

　　高凌风闷声不响。"凌风，"父亲忧伤地说，"怎样你才能快乐起来？"

　　高凌风抬起头来，望着两鬓斑白的父亲，顿时百感交集。他摇摇头，说："别说了！爸，我帮你改考卷去！"

父亲拦住了他："不！凌风！去夜总会找个唱歌的工作，去唱去！"

高凌风睁大眼睛望着父亲。"你有天才，凌风，你唱得出来！"父亲热烈地说。

"可是，爸爸！"高凌风慢吞吞地，"我已经试过好几家夜总会了。""怎样？""没有人愿意用一个无名小卒！"

"所有成名的歌星，在未成名前都是无名小卒！"

高凌风怔了，望着父亲，他在老父眼中看出过多的东西：鼓励，关怀，慈爱，与信任！他毅然地一甩头，转身就往屋外走："对！爸爸，我再去闯去！"

跑上了大街，走到霓虹灯闪烁的台北街头，他不知道别的歌星是怎样"闯"出来的！夜总会的门口，挂着主唱歌星的照片，一张又一张，这些歌星怎样成名的？也和他一样毛遂自荐地去敲每个经理的门吗？

终于，他走进了"寒星"夜总会的大门，见着了那"神气活现"的李经理，站在那经理面前，他像个展览品般被那经理从上到下地打量着。"你不够帅！""我知道！""衣服太土！""我去做！""头发太短！""我留长！""你免费唱？""不要钱！"

李经理考虑片刻，终于像给了他莫大恩惠一般，点点头说："好吧！就让你免费试唱一个月！先说清楚，这一个月没有任何待遇！唱得好，以后再说！"

没有任何待遇！但是，总算站上了台！第一次拿着

麦克风演唱，他不知道自己是忧是喜！台下宾客满堂，
笑闹之声不绝于耳，他握紧了麦克风，带着三分忧郁，
七分真情，他开始唱一支歌，歌名叫《一个小故事》：

> 我要告诉你们一个故事，
> 这故事说的是我自己，
> 多年以前我和一个女孩相遇，
> 她不见得有多么美丽！
> 只因为她对我静静地凝视，
> 我从此就失落了自己。
> 我们曾做过许多游戏，
> 也曾在月下低言细语，
> 至于那些情人们的山盟海誓，
> 我们也曾发过几千几万次。
> 有一天她忽然离我远去，
> 带走了阳光留下苦雨。
> 自从她去了我只有细数相思，
> 日子就像流水般消逝。
> 等待中分不清多少朝与夕，
> 然后她寄来一张照片！
> 她披着白纱戴着戒指，
> 往日的梦幻都已消失！
> 乌云暴雨我怎能再有笑意？

我只能告诉你这一个故事！

　　他唱着，唱着，唱着。不只用他的声音唱，而且，用他的感情唱。眼泪和着哀愁咽向肚里，声音带着悲怨散向四方。依稀仿佛，他又看到小蝉，小蝉的"大眼睛"，小蝉的笑，小蝉的娇柔，小蝉坐在图书馆里……他唱着，一句"她披着白纱戴着戒指"是从内心深处和泪而出，他的心撕裂般痛楚。唱完了，他低头鞠躬，大厅里笑闹依然，有几个人"听"到了他的歌声？忽然，几声清脆的掌声传进了他的耳鼓，难得的还有掌声！他不由自主地向那掌声传来之处看去。立刻，他接触到一对温柔的、女性的眸子，他微微颔首致意，那女的对他鼓励地笑笑。他注意到，她不是一个人来的，她身边还有一个男伴。他退了下去，到后台的时候，他才觉得那女的相当面熟，下意识地，他再对她看了一眼，清秀的面庞，尖尖的下巴，华丽的服饰，雍容的气度……可能是个演员，可能是个明星。他走进后台，不管她是谁，她是全场唯一给了他掌声的人！就这样，他总算开始了他的歌唱生涯，虽然是没有待遇的！站在台上，他每晚唱着。"一个小故事"，谁知道这"一个小故事"里有多少眼泪！"大眼睛"，谁知道那"大眼睛"已远在天边。他唱着，唱着，唱着……于是，他发现，那唯一鼓掌的女性几乎每晚都来，坐在她固定的角落，她常常燃起一支烟，动容地倾听着他唱"一个小故事"。难道，她也有"小故事"吗？她也了解什么叫"失恋"吗？但是，她的男友几乎每晚都伴着她，细心地照顾着她。不！像她那样的女人天生是男人的宠物，她决不知道什么叫"失恋"。

然后，有一晚，当他唱歌时，他发现她是一个人来的了。接连几天，她都一个人坐在那儿。她的男友呢？他并不十分关怀，因为，她脸上身上，都没有"失恋"的痕迹，她依然雍容华贵，依然落落大方。燃着一支烟，她只是倾听……抽烟的女人，在高凌风心中，是另一种阶层。属于酒席，属于珠宝，属于高楼大厦！在后台，他无意地听到侍者的两句对白：

"那个孟雅苹一定和魏佑群闹翻了！"

"你怎么知道？""这几夜，魏佑群都没有陪她来！"

"或者，是魏太太打翻了醋坛子！"

他若有所悟，魏佑群和孟雅苹，这两个名字常连在一起，被别的歌星所提起。那孟雅苹，似乎是时装界的宠儿，他恍然大悟，为什么她那么面熟了，他在电视上看过她！她是个著名的时装模特儿！那魏佑群是纺织界的大亨，换言之，是她的雇用者。孟雅苹和他有什么关系呢？孟雅苹的世界离他太遥远。只是，孟雅苹给了他太多的掌声。唯一的，肯给他掌声的人！

这晚，他登台以前，李经理叫住了他："你能不能态度潇洒一点儿？"

"什么意思？""观众批评你阴阳怪气！"

"我长得就是这副德行！"他没好气地说。

"客人花钱是来找乐子，不是来听你失恋的牢骚！"

"失恋？"高凌风顿时涨红了脸，恼怒地吼着，"你怎么知道我失恋？"

"好好好！"李经理不耐地说，"随你怎么唱吧！"

冲到台前，高凌风仍然怒火填膺，真倒了十八辈子霉！免费唱歌还要受这么多挑剔！失恋，是的，你高凌风是失恋了！你的夏小蝉早就飞了！失恋，是的，失恋两个字写在你的脸上，压在你的肩上，挂在你的胸前……全世界都知道你高凌风失恋了。拿着麦克风，他又开始唱"一个小故事"。失恋就失恋吧！他只想唱这一支歌：

> 我要告诉你们一个故事，
> 这故事说的是我自己。
> 多年以前我和一个女孩相遇，
> 她不见得有多么美丽……

底下有一桌客人喝醉了，在那儿大声地呼喝着，叫着，闹着，站起来又坐下去，坐下去又站起来……高凌风忍耐着，继续往下唱：

只因为她对我静静地凝视，

从此我就失落了自己……

那醉酒的客人突然跳了起来，大声嚷：

"这个歌已经听了八百遍了！"

"来来！不听歌，喝酒！喝酒！"另一个醉醺醺的客人拉着头一个。高凌风努力压制着自己，继续唱着，但是，那桌客人实在喧闹得太厉害，高凌风停了下来，乐队也慢慢地停了。客人们发现情况有异，都鼓噪起来。高凌风怒视着那桌客人，那醉汉却对着高凌风叫："怎么？不会唱了？""不会唱，我来唱！"另一个醉汉笑嘻嘻地说，歪歪倒倒地冲上前来，把他一把推开，抢了麦克风就大唱："我又来到我的寻梦园，往日的情景又复现……"

全场都哗然了，叫好的叫好，笑闹的笑闹，吹口哨的大吹口哨。高凌风望着这一切，顿时间，满腔积压的怒火都从他胸腔迸裂出来，他扑过去，一把就抓住那醉汉的衣服，伸出拳头，他重重地对他挥去，嘴里大骂着：

"他妈的，老子免费唱歌，还受你们的气！"

那醉汉的身子直飞了出去，桌子翻了，碗筷撒了一地。满场都乱了起来，客人们尖叫着，纷纷夺门而逃。高凌风还想扑过去，却被那醉汉的朋友们抱住了，在他还来不及思想以前，已经有一拳对着他的面孔揍来，接着，他的肚子上、胸口上，更多拳头纷纷而下。他倒了下去，头撞在桌脚上，他最后的意识，是听到一个女性紧张的呼唤声：

"不要！请你们不要！"

第十章

意识恢复的时候，高凌风首先感到那疼痛欲裂的头上，被凉凉地镇着冰袋，然后，有一双忙碌的、女性的手在不住地挪动那冰袋的位置。他睁开眼睛，一阵恍惚，一阵蒙眬，一阵心跳，一阵晕眩……有对大大的"眼睛"在恻然地凝视着他。大眼睛！梦过几千次，想过几千次，呼唤过几千次，呐喊过几千次……他伸出手去，无力地、苦恼地去碰触那张模糊的、荡漾在水雾中的面庞，嘴里低低呢喃：

"小蝉，小蝉？不会是你，不可能是你，小蝉。"

他的手被一只温软的手抓住了，然后，一个清晰的、细致的、温柔的声音在他耳畔响起：

"不，我是孟雅苹。"孟雅苹？孟雅苹是谁？一个似曾相识的名字，一个很遥远的名字，一个与他无关的名字。他努力睁大眼睛，神志清醒了过来。立刻，他发现自己正躺在一间陌生的客厅里，那玻璃吊灯，那贴着壁纸的天花板，和他身下那软软的丝绒沙发，都告诉他这是一间讲究的房间！然后，他看到了那讲究的女主人——那唯一为他鼓掌的客人！

"这是什么地方？""是我家。"孟雅苹微笑着，"你晕倒了，我只好把你带回家来，医生已经看过，没什么关系，只是头上缝了几针而已。"她笑得委婉，"休养几天，就什么事都没有了。"

他从沙发上坐了起来，头上的一阵剧痛使他蹙紧了眉头，那冰袋落在地上了，他身子不由自主地晃了晃。孟雅苹慌忙用手扶住他，急急地说："再躺一下！"

"不。"他摇摇头，注视着孟雅苹，那长长的、卷曲的睫毛，那澄澈如水的眼睛，那经过细心装扮的脸孔，以及那身时髦的、曳地的长裙。一个漂亮的女孩子！他眼神阴郁地望着她，问："你干吗要帮我？"

"我——"孟雅苹淡然地一笑，"我也不知道。人应该彼此帮助，是不是？"

"你常来夜总会，"他说，"我注意过你，为什么？"

"听你唱歌！"她答得坦率。

"哈！"他冷笑了，"这世界上还有人要听我唱歌！"

她默默地瞅了他好一会儿。

"不要因为两个酒鬼的胡闹，就否定了自己的价值。"

她柔声地说。"原来我这个人还有价值！"他自嘲地轻哼了一声，盯着她，"我的歌阴阳怪气，有什么好？"

"你的歌里有一份真挚的感情，"她坦白地看他，"我听过许多歌星唱歌，从没有像听你唱歌那样，能听出一份动人的真情。"她眼光恳切，低声问，"那个小故事，是真的吗？"

他把头转向一边，神情懊恼而抑郁。"对不起，"她很快地说，"我不该问。"

高凌风迅速地回过头来了，他激动地、一连串地、倒水似的冲口而出："不！你可以问！是的，是真的！一个女孩子遗弃了我，你看到了我，我有什么地方值得女孩子爱？她的选择对了！那个品学兼优比我好一百倍，一千倍，一万倍！她的父母毕竟有眼光，他们早已知道我今天的下场！连免费给人唱歌都不受欢迎，你看到了，一个落魄的、十八流的卖艺者！"

孟雅苹温柔地把手放在他肩上，站在他面前，她的声音诚挚而轻柔："我从没听过那么美的歌！"

高凌风瞪着她："你撒谎！""决不是！"她低低地说，"那个女孩子，那个离你远去的女孩子，她实在——太没福气！"

高凌风紧紧地盯着她。

"你没有义务安慰我！"他哑声说。

"谁说我有义务？"她挑着眉毛问。

他们彼此注视了一会儿，他站起身来。

"我要回去了，谢谢你照顾我！"

她抓起沙发上的外衣：

"我送你回去！你这样带着伤，我实在不放心！"

他按住了她："不要。我们那条小巷子，会弄脏了你的衣服！"

"我去换件衣服！""不要！"他固执地说，"我已经没事了！"

她望着他，不敢勉强。他用手扶扶包着纱布的头，一时间，感触良深。他想问她关于医药费的事，又觉得不必了。叹了口气，他走出了屋子，她追过来，送到电梯口，他才发现，她住在一栋大厦的第十楼！属于高楼大厦，属于珠宝的女孩子，却照顾了一个落魄的卖艺者！

回到家里，在父亲紧张而惊愕的关怀下，他什么话都不愿说，躺在床上，他瞪着天花板发愣。整整三天时间，他只能像个困兽般在室内兜着圈子。

"凌风，"父亲安慰地说，"别急，等伤好了，可以再去找工作！"

"再找什么工作？"他愤愤地低吼着，"免费唱歌我都弄砸了！我，我是什么？我这个'大器晚成'已名副其实地变作'一事无成'了！"有人敲门，高凌风没好气地冲到门边。

"是谁呀？"

外面响起一个清脆的声音："是我，孟雅苹！"他打开房门，惊愕地望着孟雅苹。她穿着件黑底小红花的衬衫，一件黑色长裤，脸上只薄薄地施了一点脂粉，站在那儿，亭亭玉立，清雅宜人。她手上抱着一大堆奶粉、肉松、罐头等，满脸笑吟吟的。"呵！你这地址好难找！"她说。

高凌风把她请进小屋来，对父亲说：

"爸，这是孟小姐！"

孟雅苹慌忙行礼："高伯伯，我是孟雅苹，叫我雅苹就好了！我来看看高凌风的伤势！"她把手里的东西放在桌上，"我带了一点点东西给你们！"

"这……这……"父亲张口结舌起来，"这怎么敢当！"他看着孟雅苹，心里可有点糊涂，高凌风一个字也没提过！从哪儿冒出这样一个又漂亮又谦和的女孩子？而且，她望着凌风的那眼光是相当小心翼翼、相当温柔的啊！看样子，凌风在事业上虽然不如意，在选择"女朋友"一点上，却实在有眼光呢！

"没什么，顺便带来的！"雅苹谦虚地笑着，"抱着东西走这条长巷子，差点摔一跤！"

"谁请你这种阔小姐驾临我们这小地方！"高凌风立即接了一句。"怎么了？"雅苹依然笑着，"见了面就给人钉子碰！那天打架的火气到今天还没消啊！"

那父亲看看雅苹，又看看凌风，赔着笑脸说：

"哎，孟小姐，你坐坐，我去巷口买红墨水，刚好墨水用完了！""高伯伯，"雅苹说，"我没妨碍你们吧？"

"没有，没有。你和凌风聊聊，啊？我就来！"他匆匆忙忙地出去了。高凌风看着父亲的背影，他了解父亲的心情，耸耸肩，他闷闷地说："爸爸把你当作第二个夏小蝉了！""夏小蝉？"雅苹愣了愣。

"那个离我远去的女孩子！我们曾经把她当一个公主来招待！""显然我不是个公主，"雅苹自嘲地笑笑，"你似乎对我一点也不欢迎！"

"别傻了！"高凌风说，"难道你希望我说一些受宠若惊之类的话吗？只因为你是著名的时装模特儿？算了！我情绪坏透了！"他在室内兜圈子，对墙壁捶了一拳，"你知道吗？那个该枪毙一百次的李经理，帮他免费唱了一个月的歌，你猜他对我说什么？他叫我赔偿打架时的一切损失，居然开了一张赔偿清单给我！"孟雅苹深沉地看着他，低叹了一声：

"社会就是这样，凌风，等你钉子碰多了，你就知道了！你选了一条好艰苦的道路！你刚刚称我是阔小姐，你知不知道，我是个道地的穷孩子出身，十七岁从乡下来台北打天下，我不知道碰过多少钉子，流过多少眼泪，直到碰到魏佑群，才走上时装界。但是，和魏佑群常在一起，又引起了多少流言蜚语！这些，我都熬过来了。凌风，你别灰心，千万别灰心！夜总会多得很，并不止那一家！”

高凌风深深地凝视着孟雅苹。

“为什么要告诉我这些？”

雅苹摇摇头：“我也不知道。”“为什么要关心我？”凌风再问。

雅苹的眼睛垂了下去。“老实说——”她嗫嚅着，“我也不知道。”

高凌风忽然高兴了起来，振作了一下，他说：

“好！听你的，不灰心！你陪我找工作去！”他抓起外套，就要往屋外走。

“瞧你这急脾气！”雅苹笑了，“头上贴着纱布，怎么找工作？休息一段时间，我陪你去找！”

“那么——”高凌风望着屋外耀眼的阳光，“我们出去玩玩！”“好！”两人正走向门口，却一头撞上了父亲，高凌风望着他，他手中捧着汽水瓶和大包小包的糖果瓜子。

“我买了点汽水来！”父亲笑吟吟地说，“家里实在不像话，连杯茶都没有得喝！”

“哎哟！高伯伯，原来您是……”雅苹感动地叫着。

“我说得对吧！”高凌风望着雅苹，“我爸爸把你当成小公主了。”

第十一章

　　和孟雅苹的认识，成为高凌风生活里的另一章。他对孟雅苹没有要求，没有渴望，没有责任，也没有计划。但是，她却带给了他一份无拘无束的欢乐。他不费心去研究孟雅苹的感情，他也不费心去分析自己。雅苹仍然不属于他的世界，却在他最空虚无助的时候，点缀了他的生命。他就毫不客气地享受着这份点缀，享受着这意外的欢乐。

　　在郊外，在水边，在海滩，在山间……他们都携手同游过，雅苹从不多问，从不增加他心里的负担，这样，有好些日子，他们都很开心，很喜悦。

　　很快地，雅苹发现高凌风并不太欣赏她在伸展台前，卖弄身段，前前后后，展示她的服装和发型。因此，她在高凌风面前，绝口不谈她的工作。她经常穿件随便的衬衫和一条牛仔裤，跟他跳跃在郊外的阳光里。

这天，他们发现一个好大的蓄水池，里面泡着无数的粗木头。脱掉鞋袜，他们像两个孩子般在木头上跳来跳去，像孩子般在浮木上彼此追逐，彼此笑闹。笑够了，两人就"漫步"在浮木上，高凌风说：

"你知道这些木材为什么要泡在水里？这是贮存木材的方法！如果放在空气里，木材都会裂开。这些都是上好的红桧，可以做家具！台湾是产红桧的地方，只是，做家具以前，还要经过干燥处理，木材干燥是一门大学问，直到现在，我们的木材干燥还不理想……"

"你怎么懂得这些？"雅苹惊奇地问。

"哈！你以为我大学在干什么事？只晓得追女孩子吗？我学了四年的森林呢！除了造林、育林之外，木材利用也是一门重要课程！"

"你懂得那么多，那么，你的书一定没有白念了！"

"我虽然调皮些，虽然喜爱课外活动，功课却并没有耽误，学校里的教授都很器重我呢！你想，在我这种家庭里，念大学就像奢侈品，念不好，怎么向老爸交代？"

雅苹有些新奇地看着他，一面把手伸给他，因为那浮动的圆木在脚下晃荡，她有些平衡不住身子。高凌风握住了她的手，两人继续在圆木上跳跃，水中，两人的倒影也在摇晃和跳动。"森林系毕业的人都做些什么？"雅苹问。

"去山上，当森林管护员！或者是去伐木，测量，育林……反正要上山，我的一个好朋友就在山上。"

"你为什么不上山？""我？"高凌风瞪大了眼睛，"那些树听不懂我唱歌！我去干吗？""其实，"雅苹看了他一眼，"你如果上山，一定是个很好的人才！"高凌风烦躁了起来："你又知道了？""是你说的，你的书没白念呀！"

"最好别谈这个！"高凌风的眉头皱紧了。

雅苹悄悄地看了看他，就跳上了岸，她的裤管湿了，弯着腰，她绞干了裤管，穿上鞋，笑着站直身子：

"好！不谈那个！我饿了！我们去吃牛排！"

高凌风一怔。"牛排？"他老实不客气地叫着，"小姐，我不是魏佑群，我请不起！"雅苹立刻挽住他的手腕，堆了满脸的笑，急急地说：

"我开玩笑呢！谁吃得下那些油腻东西！这样吧，咱们去圆环吃蚵仔煎，好不好？"

他们笑着，跑到圆环的摊子上，真的大吃起蚵仔煎，雅苹吃得津津有味，吃完一盘又叫一盘，吃到第三盘的时候，高凌风望着她，笑着警告："你尽量吃吧！泻肚子我可不管！"

有些路人走过去，都回头望着孟雅苹，指指点点，窃窃私语。高凌风说："大家都在看你，八成认出你是谁了！明天娱乐版可以登头条新闻，名模特儿孟雅苹在摊子上大吃蚵仔煎，那么，这个摊子也可以沾你的光，出出名了。"

"我现在不是名模特儿！"

"你是谁？""孟雅苹，一个傻气的乡下姑娘！喂，老板，再给我一盘！"

"老天！"高凌风叫，"不许再吃了！你疯了！"

雅苹笑弯了腰："我逗你呢！怎么还吃得下呢？不过，现在，我很想去吃爱玉冰了！""你成了蝗虫吗？"雅苹笑不可抑。离开了圆环，他们在夜色里走着，在街道上缓缓地踱着步子，两人都有畅游后的疲倦，也有兴奋和快乐。高凌风看着孟雅苹那被夜风吹散了的头发，那被太阳晒红了的脸颊，以及那映着街灯、闪着光芒的眼睛，不禁心中若有所动。雅苹倦怠地、满足地伸了一个懒腰，用手拂着头发，叹息地说：

"有好多年好多年，我没有像这一阵这样疯过，这样开心过，这样笑过了！"高凌风脸上掠过一个深思的表情。

"奇怪，我今天一整天都没有想到过小蝉。"

雅苹怔了怔，笑容消失了。

"不是一整天，你现在又想到她了！"她低低一叹，"凌风，她就那么迷人，那么令你难以忘怀吗？"

"她曾经是我生命的全部！"高凌风哑声说。

"现在呢？"高凌风默默不语。于是，雅苹也不再问了。她轻轻地挽住了他，两人都沉默了，都若有所思而心不在焉了。街灯把他们的影子长长地投在地上，忽焉在前，忽焉在后。

"下星期六，我有一个很重要的服装展示会。"半晌，雅苹说。"我知道，报上登了。""你来吗？"雅苹满怀希望地问。

"对你喝彩的人已经太多了。"高凌风淡然地说，"我想，并不在乎少掉我一个。"雅苹在内心里叹息了，但她脸上却丝毫痕迹也没有露出来。高凌风，那洒脱不羁而略带野性的男孩子，你决不能希望他对你的服装表演感兴趣！甩甩头，她努力甩掉那份期盼，也甩掉那份惆怅。星期六晚上，时装表演会和意料中一样的成功。雅苹获得了最多的掌声，魏佑群不住到后台来慰问她，鲜花堆满了化妆间。但是，雅苹始终惶惶然若有所失。表演会结束了，魏佑群到后台来对她说："外面在下倾盆大雨，你在门口等着，我把汽车开到门口来接你，免得把衣服弄脏了。"

她还穿着最后的一套表演服装，一件闪光的、银灰色的晚礼服，她懒得换下来，披上披肩，跟着魏佑群走到大门口。提着衣服的下摆，她望着那屋檐上像倒水般倾注下来的水帘，和那急骤的、迅速的雨滴。门口拥满了人和车，大雨中，连计程车都叫不到。魏佑群把她拉到雨水溅不到的地方，正叮嘱她等待，忽然间，一个人把夹克顶在头上，冒着雨，对她奔了过来。雅苹顿时心中一跳，眼睛都闪亮了。高凌风笑嘻嘻地从夹克下面望着她。

"我特地来接你！"他说，衣服都湿了，他却满不在乎的，"快钻到我夹克底下来，反正离你家不远，咱们冒雨跑过去如何？"

"好呀！"雅苹连考虑都没有，就提着衣服冲进他的夹克底下。魏佑群在后面直着脖子喊：

"雅苹！你的衣服会弄脏！"

"我不在乎！"她喊着，已经跟着高凌风冲进了大雨里面。

在这种倾盆大雨下，穿着晚礼服冒雨狂奔，实在是带点儿疯狂和傻气。和高凌风在一起，你就无法避免疯狂和傻气，而且，她多么高兴地享受着这疯狂和傻气！那雨点狂骤地对他们迎面冲来，地上早已水流成河。一件夹克怎挡得了这样大的雨，只几分钟，他们两个都已浑身透湿，却嘻嘻哈哈地跑着。脚踩在水里，又溅起了更多的水。雅苹边笑边跑说："我全身都湿透了。"

"你以为我的衣服是干的呀！"高凌风笑着嚷。

好不容易，冲进了雅苹的公寓，进了电梯，两人都像人鱼一样滴着水，彼此看着，不禁都相视大笑。

进了雅苹的卧室，她找出两条大毛巾，丢给高凌风，高凌风不管自己，却拿毛巾代雅苹擦着头发。于是，雅苹也代他擦，他们擦拭着对方，仍然忍不住要笑，不知为什么这么好笑。高凌风就是这样，他一笑就不能停止，弄得别人也非跟着他笑不可。"你头发全湿了。啧啧，可惜这件好衣服！"

"你……"雅苹笑不可抑，"你活像个落汤鸡！"

"你……"高凌风也笑不可抑，"你像条美人鱼！"

"我帮你放水，你必须洗个热水澡！"

"你也需要！"两人笑着，笑着……忽然间，高凌风停止了笑，呆呆地注视着雅苹。雅苹也停住了笑，睁大了眼睛，她凝视着高凌风。

高凌风手里的毛巾，正勾在雅苹的脖子上。他深深地、紧张地看着她，然后，他把毛巾往自己怀里拉，雅苹身不由己地扑向了他。骤然间，他们紧紧地拥抱在一起，高凌风的嘴唇火热地落在她的唇上。他们滚倒在床上。不知道过了多久，几百年？几世纪？终于，风平雨止。窗玻璃上，只有雨珠滑过的痕迹。他们并躺在床上，高凌风呆呆地瞪视着天花板，雅苹半带娇羞、满脸柔情地用手指抚弄着高凌风的耳垂。"很多年以前，"高凌风忽然说，声音幽幽的，"我曾经不敢和一个女孩亲热，因为——怕冒犯了她。"

雅苹的脸色僵住了，笑容从唇边隐去。

"我希望——"她低声地说，"那个女孩的名字，不叫作夏小蝉！"高凌风震动了一下，转过身子来，望着雅苹。雅苹只是深情地、痴痴地瞅着他。于是，他歉然地、一语不发地，把她紧紧地拥进了怀里。

第十二章

　　"嗨！凌风，我来了！"雅苹走进高家的小屋，对里面叫着。一面把手中的一个提盒放在餐桌上，一面对凌风的父亲说："我做好了饭菜，想想，一个人吃有什么味道？就带到这儿来了！"高凌风从自己的房间里钻了出来。

　　"没想到你这位娇小姐还会做菜！"

　　"凌风！你别老把我说成娇小姐，你明知道我一点也不娇贵！别说烧菜，煮饭洗衣我还样样行呢！"

　　"哎！那可看不出来！"

　　父亲走到餐桌前，望着雅苹把一样样的菜端出来，忍不住惊喜地叫了一声："什么？有回锅肉吗？我最爱吃回锅肉！"

　　雅苹笑容可掬："我知道，所以……"发现说漏了嘴，她立即咽住了。

"好呀！"高凌风却叫了起来，"还说是一个人吃没味道，你安心做给……""凌风！"雅苹叫。父亲看看凌风，又看看雅苹，喜悦的笑容就浮上了嘴角，他开心地坐下来，扬着眉毛说：

"来！来！来！我们还等什么？趁热吃吧！"

三个人围着桌子坐下，开始兴高采烈地吃起饭来。高凌风望着桌上的那些饭菜，就忍不住想起若干年前，小蝉在家里吃炒蛋、蒸蛋的情形。曾几何时，竟已世事全非了。他不由自主地轻叹了一声。雅苹敏感地看了他一眼，来不及问什么，父亲已咂嘴咂舌地赞美了起来：

"太好了！太好了！多少年没有吃到这样美味的菜！"

"高伯伯，"雅苹红了脸，"您安慰我呢！"

"真的！"父亲嚷着，吃得狼吞虎咽。

"您喜欢，我以后再送来！"雅苹说。

"好吧！"高凌风笑着点点头，"你把爸爸喂叼了，以后你自己负责！"大家都笑了起来，一餐饭，吃得好融洽，好温暖。

饭后，凌风的父亲坐在桌前批改作业，听到厨房里传来一片笑语声，雅苹在洗碗，高凌风显然在一边捣乱，他听到高凌风的声音在说："我负责放肥皂粉，你负责洗碗，咱们分工合作！"

有这样分工合作的！父亲笑着摇摇头。接着，就听到雅苹又笑又叫的声音："哎呀，你撒了我一身肥皂粉！你出去吧！在这儿越帮越忙！"高凌风笑着从厨房里跑了出来。父亲望着他直笑，对他低声地说了一句："凌风，你哪一辈子修来的！可别亏待了人家！"

高凌风一愣，脸上的笑容立即消失无踪。

"爸爸，你别看得太严重，"他压低声音说，"我和雅苹不过是普通朋友，谁也不认真。"

父亲瞅着他："是吗？"他问，"我看，是你不认真。我知道你，凌风，你还是忘不掉那个夏小蝉！"

"对爱情固执是错吗？"

"再固执下去，不是错不错的问题，是值不值得的问题！凌风，别太傻心眼啊！"雅苹从厨房里出来了，笑吟吟的。父子两人立即咽住了话题。雅苹一手的水，一脸的愉快。

"好了，凌风，"她说，"你带我参观一下你的卧房。"

"哎呀！不许去！"高凌风慌忙叫，"那儿跟狗窝没什么分别，只是狗不会看书，不至于弄得满地书报杂志，我呢……哎呀，别提了！"雅苹笑了："我早猜到了，不许我去，我也要去！"

她一伸手，就推开了旁边的房门，本来，这房子也只有两间，一间父子们的卧室，一间聊充客厅和餐厅。雅苹走了进去，四面望望。天！还有比这间房子更乱的房间吗？到处的脏衣服，满桌满地的报纸杂志，已经发黑的床单和枕头套……雅苹走了过去，把脏衣服收集在一块儿，又抽掉了床单。

"哎，小姐，你要帮我们大扫除啊？"他问，也手忙脚乱地收拾起那些书报杂志来。

"这些都该洗了，我给你拿去洗，有干净被单吗？"
"嗯，哦，这个……"高凌风直点头，"有！有！有！有好多！""在哪儿？""百货公司里！"雅苹扑哧一笑："我们等会儿去买吧！"

雅苹开始整理那张凌乱的书桌：铅笔、报纸、墨水、书本、写了一半的信、歌词……她忽然看到桌上那个镜框了，里面是小蝉的照片。她慢慢地拿起那张照片深深地审视着，笑容隐没了。"这就是她？"她轻声问。

高凌风的笑容也隐没了，那张照片仍然刺痛他。

"是的，这就是她！"雅苹慢慢地把照片放回原处。

"好清秀，好雅致，好年轻……"她盯着照片，"难怪你对她这样念念不忘！"叹了口气，她极力地振作了自己，抬头微笑了一下，"好吧！我把这些脏衣服抱出去洗！"

抱着脏衣服，她走出来，那个"父亲"真是大大不安了。他跳起来，张口结舌地说：

"这……这……这怎么敢当？"

"高伯伯，"雅苹笑脸迎人，"小事情，应该由女人来做的！"

"快放下，快放下！"父亲手足失措而惶愧无已，"这都怪我们家的两个男人，一老一小都太懒，才弄得这么脏，不像个家！"

"高伯伯，这也难怪，"雅苹娴静地微笑着，一面抱着脏衣服往厨房走，"只有两个男人在一起怎么能算是家？一个家一定要经过一双女人的手来整理！"

她走进厨房里去了，接着，是开水龙头，搓洗衣服的声音，中间夹杂着她那悦耳的声音，在轻哼着歌曲。父亲呆住了，坐在那儿，他依稀想起，他们父子二人手忙脚乱地招呼小蝉的情形。两个女人！两种典型！高凌风怎能一一遇到？他正沉思着，高凌风抱着吉他走出来了，他擦拭着吉他上的灰尘，有多久，他没弹弄过吉他了！父亲瞪着他，欲言又止。高凌风仰着头对厨房里喊："把手洗粗了别怪我！"

"我什么时候怪过你？"雅苹嚷着。

"我唱歌给你听！"高凌风再嚷。

"唱大声一点！"

高凌风弹着吉他，开始唱：

女朋友，既然相遇且相守，
共度好时光，携手向前走！
乘风破浪，要奋斗莫回头，
与你同甘苦，青春到白首！

女朋友，比翼双飞如沙鸥，

自从有了你，欢乐在心头，

抛开烦恼，情如蜜意绸缪，

只盼长相聚，世世不分手！

女朋友，这番心事君知否？

大地在欢笑，山川如锦绣，

爱的天地，是我俩的宇宙，

不怕风和雨，但愿人长久！

厨房里，洗衣服的声音停止了，半晌，雅苹伸出头来，她眼睛里绽放着柔和的光彩。一层稀有的亮光，笼罩在她整个的脸庞上。她轻声问："从没听你唱过这支歌，是——最近作的吗？"

"是——"高凌风耸了耸肩，眼睛望着窗外的天空，透过云层，眼光正落在一个遥远的、虚无的地方，"是很久以前作的！"抛下了吉他，他抓起外套。

"你要去什么地方？"雅苹紧张地问。

"找工作！"他低吼了一句。

"等一等！"雅苹喊着，"我洗完这几件衣服，陪你一起去！"

那父亲目睹这一切，忽然间，他觉得很辛酸，很苦涩，很惆怅。打开了学生的练习本，他试着专心地批改起作业来。

第
十
三
章

　　雅苹站在××夜总会的门口，焦灼地、不安地走来
走去，不时抬头往大门里面看一眼。进去十分钟了，或
许有希望！根据她的经验，谈得越久，希望越大。正想
着，高凌风出来了，一脸的怒容，满眼的恼恨。不用问，
也知道没谈成。雅苹却依然笑脸迎人地问了句：

　　"又没成功吗？""要大牌！要大牌！每家都要大牌！"
高凌风气冲冲地嚷着，"我是个没牌子的，你懂吗？天知
道，一个人怎样才能变成大牌？"他们往前走着，高凌
风的脸色那样难看，使雅苹不知道怎么安慰他才好。半
晌，她小心翼翼地看看他，又小心翼翼地开了口："凌
风，我有一个办法！"

　　"什么办法？""我们……"雅苹嗫嚅着说，"我们可
以……去拜托魏佑群，他认识的人多……"

"什么？"高凌风大吼了起来，愤怒扭曲了他的脸，"魏佑群？你要我去找魏佑群？你昏了头是不是？我现在已经够窝囊，够倒霉的了！你三天两头送东西到我家，一会儿吃的，一会儿穿的……弄得我连一点男儿气概都没有了！现在，你居然叫我去找你的男朋友，我成了什么了？我还有一点点男人的自尊吗？"雅苹又气又急，眼泪一下子就冲进了眼眶里。

　　"凌风，你这样说，实在没良心！我跟你发誓，我和魏佑群之间是干干净净的！他喜欢我，那总不是我的错！我……我提起他，只是想帮你的忙，干这一行，多少要有点人事关系……"高凌风的声音更高了：

　　"我不要靠人事关系！我要靠自己！尤其我不能靠你的关系，你以为我是吃女人饭……"

　　"凌风！"雅苹打断了他，"你怎么说得这么难听！"

　　"是你一步步把我逼上这条路！"

　　"我……我逼你？"雅苹忍无可忍，眼泪就夺眶而出。她抽噎着，语不成声地说，"凌风，你……你……你太不公平！你……你……你欺人太甚！我……我全是为了你好……"她说不下去了，喉中完全哽住，眼泪就从面颊上扑簌簌地滚落下去。高凌风望着她，顿时泄了气。他长叹了一声，哑着喉咙说："好了！别在街上哭，算我说错了！"

　　雅苹从皮包里抽出小手帕，低着头擦眼泪。高凌风走过去，伸手挽住了她的腰，伤感地低语：

"雅苹，认识我，算你倒了霉！"

雅苹立刻抬起头来，眼里泪痕未干，却已闪耀着光彩。她急迫地，热烈地说："不不！是我的幸运！"

高凌风恻然地望着她，禁不住说：

"雅苹，你有点儿傻气，你知道吗？"

雅苹默然不语，只是紧紧地靠近了他。

奔波一日，仍然是毫无结果。晚上，坐在雅苹的客厅里面，高凌风用手托着下巴，一语不发，沉默得像一块石头。雅苹悄然地看他，知道他心事重重，她不敢去打扰他。默默地冲了一杯热咖啡，她递到他的面前。高凌风把杯子放在桌上，顺势握住了她的手。于是，雅苹坐在地毯上，把手放在他的膝上，抬头静静地瞅着他。

"雅苹，"他凝视她，"我有什么地方，值得你这样待我？"

"我不知道。"她摇摇头，"自从第一次听你唱'一个小故事'，我就情不自已了，我想，我是前辈子欠了你！"

高凌风抚摸着她的头发。

"傻瓜！"他低语，"你是傻瓜！"

"我常想你说过的话，"雅苹仰头深深地看着他，"你说你在遇见夏小蝉以前，从不相信人类有惊心动魄般的爱情，你说你不对女孩子认真，也不相信自己会被捕捉，甚至觉得痴情的人是傻瓜！可是，一旦遇到了她，你就完全变了一个人，你爱得固执而激烈。凌风，"她垂下了睫毛，"我想，历史在重演，不过换了一个方向。每个人欠别人的债，每个人还自己的债。"高凌风拉起她的身子来，一语不发，他紧紧地吻住了她。

第二天，又是奔波的一天，又是忙碌的一天，又是毫无结果的一天。黄昏的时分，高凌风和雅苹在街上走着，两人都又疲倦又沮丧。高凌风的脸色是阴沉的，苦恼的，烦躁不安的。雅苹怯怯地望着他，怯怯地开了口：

"凌风，能不能听我一句话？"

"你说！""你差不多把全台北的夜总会都跑遍了。既然唱歌的工作那么难找，你能不能做别的工作？"

"做什么工作？你说！我能做什么工作？"

"例如——"雅苹吞吞吐吐地，小心翼翼地说，"像你的好朋友，到山上去！""什么？上山？"高凌风站住了，瞪着她，"你要我上山？你是不是想摆脱我？""不不！"雅苹急急地喊，"你不要误会，如果你上山，我就跟你上山！""你跟我上山？"高凌风诧异地问，从上到下地打量她，"放弃你高薪的职业？凭你这身打扮，凭你养尊处优的生活，你跟我上山？你知道山上是怎样的生活吗？"

"是的，我知道！"雅苹坚定地说，"我不怕吃苦，我原是从朴实的生活走入繁华，我仍然可以从繁华走入朴实！"

高凌风暴躁起来："你不怕！我怕！我不要上山，我的兴趣是唱歌，我就要唱歌，我唱定了！""可是——可是——你没有地方唱啊！"

高凌风怒不可遏："我还可以去试电视台，我还可以去试唱片公司！你！雅苹，你少帮我出馊主意！我有权决定自己的事业！"

"我——我只是想帮你的忙！"

"雅苹，你根本不了解我！"高凌风瞪视着她，牢骚满腹而火气旺盛，"你看看你自己，高中都没毕业，就凭你长得漂亮，有一副好身材，挣的钱比一个大学毕业生还多！这是什么？这就是我们男人的悲哀！"

雅苹忍不住又含了满眶泪水，极力委婉地说：

"我知道我很渺小，很无知，也知道你的委屈，和你的悲哀……但是……"

"不要再但是，但是，但是！"高凌风大叫，"我听腻了你的但是！听腻了你的鬼意见！"

雅苹吓愣了，睁大眼睛，她望着那满脸暴怒和不耐的高凌风，泪水终于滑下了面颊，她挣扎着说：

"很好，想必你的夏小蝉，从来没有对你说过'但是'！"

高凌风一把抓住了雅苹的手腕，愤然低吼：

"我警告你！你永远不许对我提夏小蝉！"

雅苹挣脱他，哭着喊：

"因为你心里只有夏小蝉！"

喊完，她反身就跑开。高凌风呆立在那儿，好一会儿，才如梦方醒般对雅苹追了过去。

"雅苹！雅苹！雅苹！"他叫。

雅苹情不自已地站住了。

高凌风追上前来，喘着气，一脸的苦恼和哀愁，他求恕地望着她："我们别吵吧！雅苹，你知道我心情不好，并不是存心要和你吵架！"雅苹强忍住泪水，摇了摇头。

"是……是我不好！"她嗫嚅着说。

"是我不好！"高凌风说，瞅着她，把手伸给她。

她握紧了他的手，脸上又是泪，又是笑。他低叹一声，挽紧了她，两人在落日余晖中，向前缓缓行去。

第十四章

自从认识了高凌风，雅苹整个生活轨迹，都已经全乱了。她无怨无悔，甚至不敢苛求什么，但是，生活里，那种紧张的、抑郁的情绪是越来越重了。高凌风像一座不稳定的活火山，随时都可能发生一场严重的爆发。雅苹不能不小心翼翼地、战战兢兢地度着日子，生怕一不小心，就引起那火山的喷射。可是，尽管小心，尽管注意，许多事仍在防范以外。

这天，魏佑群来看她，坐在客厅，他们有一次"摊牌"似的谈话。这些年，魏佑群对她照顾备至而体贴入微，虽然引致许多流言，雅苹却也不在意。但是，有了高凌风，一切都不同了。望着魏佑群，她非常坦白，非常歉然地说：

"请你原谅我，佑群，以后除了工作时间之外，我不能再和你见面！以前我不在乎人言可畏，但是，现在我却不能不在乎了。"魏佑群在室内走来走去。

"你就那么爱他？"他闷闷地问。

"是的！""我早料到会有这一天！"魏佑群低着头，望着脚下的地毯，"就是没想到来得这么突然！我能说什么呢？"他抬头注视她："你明知道我对你的感情！"

雅苹含泪看他："我知道。这样不是很好吗？我们之间的结也解开了。以后，你该全心照顾你的太太，我全心追求我的爱情！"

魏佑群坐进沙发里，燃起了一支烟。他喷出一口重重的烟雾，神情激动："是很好，各得其所，有何不好？"

"请你不要生气。"雅苹委婉地说。

魏佑群摇摇头："为什么是他？"他不解地蹙紧眉头，"他连个工作都没有！""他会有的！""他学非所用，前途茫茫！"

"那可不一定！""你——真是不可救药了！"

"我承认。""但是，据说他不忘旧情，始终眷念着他从前的女朋友！他心中到底有你吗？"雅苹垂下头，默然不语。

"你知道他爱你吗？"

雅苹猛烈地摇头，叫了起来："我不知道！我不知道！我也不要知道！"

"你就这样毫无条件地爱他？"

"爱！"雅苹咬着牙说，"不管他上山，不管他入海，不管他唱歌，不管他要饭，不管他爱不爱我，只要他允许我留在他身边一分钟，我就留一分钟！"

魏佑群望着她，喟然长叹：

"好！既然你已经一往情深，我还能说什么呢？各人有各人的缘分，各人有各人的命运！"他从怀里拿出一沓钞票，放在桌子上，"这是你这个月的薪水，先给你，我知道你会缺钱用！最后，我还要给你一个忠告，"他盯着她，语重而心长："雅苹，你可以爱他，但是不可以养他！因为他是个男子汉！"

忽然，雅苹觉得有点不对劲，迅速地转过头去，她一眼看到高凌风正站在门前，横眉怒目地望着他们。显然，他已经听到魏佑群最后的几句话。她的心脏猛然往下一沉，正想解释，高凌风已掉转了头，如飞般地向外跑去。雅苹跳起来，像箭般冲出屋子，直追了过去，不住口地喊着：

"凌风！凌风！你听我解释，凌风！"

高凌风已冲下了楼，直冲向大街，对她头也不回，看也不看。她跌跌撞撞地追了过去，喘息着，上气不接下气地拉住他的胳膊，急急地说："你听我说，你听我解释，凌风！"

"你不用解释！我已经看得清清楚楚，听得清清楚楚！你还说和他没有关系！你用他的钱，还让他来诽谤我！我会要你养吗？我高凌风是这种人吗？尤其，是他的钱！"他怒发如狂，"你安心要侮辱我！"雅苹急得泪下如雨："不是的，凌风，那钱是我的薪水……"

"哈！薪水！老板会把薪水亲自送到你家里来！你好大的面子！别掩饰了！你和他的桃色新闻，早就尽人皆知！你，孟雅苹，你也不是名门淑女，犯不着装出一副纯洁无辜的样子来……"雅苹闭了闭眼睛，泪珠纷纷滚下。

"我说什么你都不会相信！"她哭着说，"我本来就不是名门淑女，不是你的夏小蝉……"

"我警告过你！"高凌风吼着，"不许你提夏小蝉的名字！"

"是的，我不提，因为我不配提，"雅苹啜泣着，依然用手紧攀着高凌风的胳膊，"我早就知道，我卑贱，我渺小，我不是名门淑女，更非大家闺秀！我没有一点地方赶得上她，但是，凌风，我比她爱你！"

高凌风大大地震动了一下，他回头望着她那被泪水浸湿的眼睛："你一生爱过多少男人？"

"只有你一个！"雅苹冲口而出，"信不信由你，只有你一个！魏佑群从没有得到过我，从没有！从没有！从没有！"

高凌风站住了，审视着她。

"为什么要接受他的钱？"

"我再也不接受！那是我的薪水，你不开心，我就辞职不干！离开魏佑群的公司，离开时装界，再也不当模特儿。只要你满意，你要我怎么样，我就怎么样！"

高凌风凝视着她。终于，他摇摇头，心痛地伸手拭去她颊上的泪痕。"雅苹，雅苹，"他低声说，"你为什么要爱我？为什么要跟我受苦受罪？多少男人对你梦寐以求，你为什么偏偏选中了一事无成的我？"

她仰头望着他："我爱你的真实，爱你的坦率，爱你的固执，甚至爱你的坏脾气！你不虚伪，不作假，有最丰富和强烈的感情……我在社会上混了这么多年，好不容易才发现一个你，凌风，别离开我！"他伸出手去，把她挽进了怀里，什么话都没说，只是用力地握紧了她那小小的手。

一场风暴就这样过去了。但是，没有风暴的日子能够维持多久呢？三天后的晚上，高凌风在外面谋职归来，呆呆地坐在餐桌前面，看着雅苹布置桌上的碗筷。

"你没有问我今天找工作的情形！"他说。

她勉强地笑了笑："你的脸色已经告诉我了。"

"我去录音室试唱过。"

"哦？"她悄悄看他，把菜端上桌子。

"你猜怎么？"他落寞地笑笑，"他们说我的音色不够好，音量又不够宽！"

"他们故意这么说，找借口拒绝你！"

高凌风玩弄着面前的筷子。

"我开始怀疑，我是不是真有天才了！"

她看了他一眼："别这么容易灰心好不好？"

"如果再找不到工作，我要发疯了！"他仰靠在椅子里，瞪着天花板，"这么大的人，大学毕了业，还靠爸爸养，我真不是东西！"

雅苹沉吟了片刻："我说……凌风！""什么事？""算了，不说了！"他坐正了身子，望着她。

"一定要说！""我说了你别生气！""你说！""上山吧！"高凌风的脸色阴沉了下去，闷声不响。雅苹畏怯地看看他，他忽然站起身来，板着脸说：

"我走了！""去哪儿？饭菜都好了！"

"回家去！"

雅苹拦在他面前，赔笑地说："说好不生气，你又生气了！"

"我如果肯上山，今天也不会在这儿了！"

"我不过提提而已，"雅苹慌忙说，"不去就不去！明天，你再到别家唱片公司试试！"

高凌风顿时又冒起火来。

"试试！试试！试试！我的人生就一直在试试！"他一把抓住雅苹，心灰意冷，而又悲切沮丧，"雅苹，我怎么办？事业、爱情、婚姻，和前途，全是茫然一片，我怎么办？"

雅苹略带伤感地看着他。

"你连爱情也否决了吗？我不算爱你吗？凌风！只要你愿意，我们可以……马上结婚。"

高凌风像被针刺了一般，猛地跳了起来。

"结婚？"他吃惊地嚷，"你要和我结婚？我有什么资格谈结婚？我拿什么来养你？"

"我不在乎。""你不在乎我在乎！"高凌风大叫起来，"我养不起你，结什么婚？难道用你的钱？还是用姓魏的钱？"

"你别又扯上魏佑群！"雅苹憋着气说，"我知道这些都不是理由，我知道你心里的问题，你根本不想要我，从头到尾，你心中只有一个人……""你敢再说出那个名字！"高凌风瞪大眼睛。

"我不说，我根本不配说！"雅苹眼里又充满了泪水。

高凌风恼怒地望着雅苹。

"让我们把话说清楚，雅苹，我们交往，是两相情愿，谁也不欠谁什么。我今天一无所有，没有钱，没有事业，没有自尊，还剩下的，是一点点自由。结了婚，我就连自由都没有了！我够倒霉了！我还要这点自由，你懂吗？"他抓住雅苹的胳膊，疯狂地摇撼着她，"我不要婚姻来把我拴住，你懂吗？你做做好事，别把我这最后一点点自由也给剥夺掉！"

雅苹大哭了起来，不顾一切地叫了一声：

"如果我是夏小蝉，你也要自由吗？"

高凌风狂怒地吼了回去：

"可惜你不是夏小蝉！"

雅苹忍无可忍，泪水迸流，而浑身抖颤。

"好！你要自由！"她大叫，"好！我给不起你自由，因为我从来没有拿走过你的自由！正好像你从来没有爱过我，你爱的是夏小蝉！现在，你要自由，要自由，你走！你马上走！你去找你的自由！你走！你马上走！马上走！马上走！……"高凌风往门外冲去："是你叫我走的，你别后悔！"

"砰"的一声门响，他冲出去，关上了房门，这声门响震碎了雅苹最后的意识，她崩溃地哭倒在沙发上。

第十五章

高凌风回到了家里。像一阵旋风,他冲进了家门,怒气未消,满脸的激动和愤恨。父亲正坐在桌前改考卷,小屋里一灯如豆,老人身边,似乎围满了寂寞。看到高凌风,他的眼睛闪亮了一下,立刻就暗淡了:"怎么了?凌风?又是这样气冲冲的?"

"爸!"高凌风宣布地说,"我和雅苹分手了!"

"哦!"父亲惊愕地望着他,困惑而迷茫,"为什么?年轻人,吵吵闹闹总是难免。雅苹温柔顺从,你该待她好一点才对啊!现在,到哪里去找这样好的女孩子呢?"

"我受不了她!"高凌风叫着,"上山!上山!上山!她要我上山!和我相处这么久,她还不了解我!你猜她对我说什么?要跟我上山,而且要跟我结婚!她想掠夺我所有的一切!"

父亲瞪视着他，逐渐地，呼吸急促了起来。放下笔，他站起身子，一眨也不眨地望着儿子，他的面容变得反常地严肃，声音也反常地激动："凌风，你所有的一切是什么？你有什么东西可以被掠夺？你的骄傲？你的自大？你的无自知之明？还是你那可怜的虚荣心？"高凌风愕然地看着父亲。

"爸爸！你也……""凌风！"父亲沉痛而伤感地说，"这些年来，你是我的希望，我的命根，我宠你，爱你，不忍心责备你，甚至不敢在你面前讲真心话！今天，我实在忍无可忍了！"

"爸爸！"高凌风惊愕而意外。

"你骄傲自负，自认为是天才，要唱歌，要当汤姆钟斯，当猫王！你认为你学森林系是应付我，被我所害！我不敢点穿你，我鼓励你去唱，希望你有一天能真正认清自己的价值！谁知道，你竟从头到尾地糊涂下去！"

"爸爸！"高凌风靠在墙上，完全不相信自己所听到的。

"唱歌，凌风，你为什么要唱歌？"一向沉默而好脾气的父亲，这时竟语气严重，咄咄逼人，"你只是想出风头，想听掌声，你只是虚荣感在作祟！我告诉你，你能唱，会唱，却绝不是猫王或披头的料！你的才气，只够做一个普普通通的人！凌风，你该醒了！你该醒了！"

高凌风的眉头蹙紧了，他痛苦地望着父亲。在这一瞬间，心里像有一千把刀在绞动，可是，在痛楚之余，却又依稀仿佛地感到，好像有个什么毒瘤在被开刀，被割除，因而，这痛楚似乎是必须忍受而无从回避的。他脑子里像有千军万马在奔驰，在那奔驰声里，父亲的声音却依然响亮而清晰：

"你的恋爱，和你的事业一样迷糊！你前后的两个女朋友，小蝉娇柔脆弱，你侍候不了她！雅苹温柔贤惠，可是，说实话，你又配不上她！"

高凌风再也忍受不住，闭上眼睛，他用手紧紧地抱住了头。"爸爸！"他大叫，"不要讲了！不要讲了！不要讲了！"

父亲走到他面前，伸手按住他的肩，忽然间眼中含满了泪水。"凌风，"他的声音软化了，沉痛而恳切，"我或许不该说，只是——我再也熬不住了。凌风——"他紧握着他的肩，语重而心长，"要承认自己的'平凡'，是需要很大的勇气的！但是，世界上千千万万的人，有几个是不朽的天才呢？"

高凌风睁开眼睛来，苦恼地、悲哀地、痛楚地凝视着父亲。父亲强忍着泪，慢吞吞地又说了一句：

"我要你学森林，至今不知道是对是错。当时我只有一种看法，天地如此广大，处处都可扎根呀！"

高凌风在那巨大的痛苦和震撼之下，脸上却不由自主地动容了。"我……我不说了！"父亲放开了他，转身走向桌边，"雅苹那孩子，虽然没有什么好身世，却善良而热情。吃亏在对你太柔顺了，太爱你了！男人都是贱骨头，得不到的才是最好的！"高凌风呆呆地站着，忽然间，他掉头就向屋外走。

"我出去了！""去哪儿？"父亲问。"去——找雅苹！"他咬着牙回答。

很快地，他到了雅苹的公寓。上了十层楼，用钥匙轻轻地打开房门，客厅里寂无人影。高凌风走进去，卧室里传来轻微的啜泣声，他再轻轻推开卧房的门，就一眼看到雅苹正匍匐在床上，低低地、忍声地、压抑地啜泣。他站着，望着她，一动也不动。听到了声音，雅苹慢慢地回过头来，看到凌风，她不相信似的瞪大了眼睛，眼里仍然饱蓄着泪水，透过泪雾，那对眼珠里已绽放着希冀的、惊喜的、渴望的、热烈的光芒。这光芒瓦解了高凌风所仅存的骄傲，他走了过去，一言不发地在床前跪下。他用手轻轻地拂开她那被泪水沾湿，而贴在面颊上的头发，再温柔地、怜惜地抚摸着她那瘦削的面颊，然后，骤然间，他们紧紧地、紧紧地拥抱在一起。

第二天早上，还没起床，高凌风就听到窗外的雨声，敲着玻璃，发出清脆的叮咚。床上，雅苹已经不在了，厨房里，有锅盘轻敲的声响，还有雅苹低哼着歌曲的音浪。他用手枕着头，凝想着这崭新的一天，是否该做一些崭新的计划？

翻身起床，去浴室梳洗过后，雅苹已在桌上摆好了他的早餐。他坐下来，头一件事情就是翻报纸人事栏。雅苹悄眼看他，不在意似的说："人事栏里很少有征求歌星的广告！"

"我不是找唱歌的工作，我在找别的。"他说，"我决定了，什么工作都可以做！"雅苹惊喜交集地看了他一眼，微笑了起来。

"先喝牛奶，凉了——"她望望窗外，"不管找什么工作，等雨停了再出去！"高凌风喝着牛奶，翻着报纸，突然间，一则小小的新闻映入了他的眼睑：

"留美学人何怀祖，今日携眷返国。"

"哐啷"一声，他手里的牛奶杯失手落在地上，砸得粉碎，他直跳了起来，一语不发就往屋外冲去。

雅苹追在后面，直着脖子叫：

"怎么了，发生了什么事情？"

他已经跑得无影无踪了。她折回去，抓起了那张报纸。

机场上，贵宾室里挤满了人群。有记者、有家属、有亲友、有摄影机……镁光灯不住地闪着，小蝉依偎着何怀祖，巧笑嫣然地接受着人群的包围。数年不见，她显得丰腴了，成熟了，而且，更高贵，更华丽，更迷人！

高凌风缩在远远的一角，悄悄地注视着这一切。他浑身透湿，头发里都是雨水，一整天，在飞机到达以前，他似乎一直在雨地里走，不知道走了多久，多少小时。现在，他看到小蝉了，距离他更遥远，更遥远，更遥远……的小蝉！似乎来自另外一个星球，也属于另外一个星球！

记者们拿麦克风和答录机在访问何怀祖，高凌风隐藏在那小小的角落里，注意倾听：

"何博士在国外得到杰出青年科学奖，是国人的光荣，这次回来，是度假还是长住？"

"是度假，因为我内人很想家。"

"何博士，你这次得奖，有什么感想？""嗯——"何怀祖微笑着回头，望着身边的小蝉，"我想，我该感谢我太太，她给了我最大的爱心和鼓励。"

大家哄笑了起来，目标转向了小蝉。

"何太太，你对你先生的成就有什么感想？"

小蝉的脸上堆满了笑，眼里绽放着幸福的光彩，她望了望何怀祖，然后，她骄傲地、愉快地、满足地说：

"我——我很庆幸嫁了一个好丈夫！"

大家又哄然地笑了。高凌风悄悄地，丝毫不被注意地走出了那间贵宾室。垂着头，他双手插在夹克口袋里，落寞地走出机场。外面的雨依然淅淅沥沥地下着，他走进了雨里，沿着街道，向前面无目的地走着，雨淋在他头上、衣服上，水珠顺着他的头发向下滴落。他没有感觉，没有思想，没有意识，只是机械化地向前迈着步子，一步又一步。

忽然，他觉得没有雨了，他慢慢地抬起头来，发现一把伞正遮在他的头顶。他站住了，回过头来，他看到了雅苹，她站在雨地里，正用伞遮着他。而她自己，却全身浴在雨水中。她的眼睛，温柔地、了解地、关怀地、热烈地看着他。她的脸上，头发被雨淋湿了，贴在额前，满脸的水，已分不清是雨是泪。他伸出手去，把她的身子拖到伞下，紧紧地挽住了她。

　　他的眼睛盯着她，半晌，他才用坚决的、肯定的、清晰的声音问："雅苹，你愿意上山吗？愿意嫁给一个森林管理员吗？"

　　雅苹满眼的泪水，满脸的笑，只是一个劲儿地点头。"好！"高凌风抬起头来，忽然发现自己能够正视前面的世界了，他挽紧雅苹，往前走着，"我们上山去！我还是可以唱歌，唱给山听，唱给云听，唱给树听，它们不会嘲笑我阴阳怪气。你，我，爸爸，我们可以在山上组成一个快乐的小家庭。""还有——"雅苹低声说，"一条新的小生命！"

　　高凌风又惊又喜："真的？"雅苹瞅着他点头。"好！"高凌风仰望着云天，"他一出世，我就让他看山上的大树，告诉他根扎在地里，根扎得越深，树长得越大！"

　　揽着雅苹，他们并肩向前走去。

　　　　　　　　　　一九七四年五月初稿完稿
　　　　　　　　　　一九七五年三月七日再稿完稿

寻梦园

I

  提着一个旅行袋和一大包书，我转了三次公共汽车，先从家里乘车到火车站，又从火车站搭车到圆山，再转一次车到这儿。然后按照思美给我画的地址图，在乡间的田陌山边足足又走了半小时，问了起码十个乡下人，最后，我总算停在寻梦园的铁栅门外了。酷暑的太阳晒得我头昏，满身全是尘土和汗水，连旅行袋上都积了一层黄土，我像是个跋涉了几千里路的人似的，疲倦、燥热，而且口渴。望了望那关得牢牢的铁栅门，和门边水泥柱上突出来的"寻梦园"三个字，我长长地吐了口气。又找了半天，才看到被常春藤掩盖了一半的门铃，门铃装得那么高，我必须踮着脚才够得着。按了铃，我把书和旅行袋都放在地上，靠在柱子上等待着。

  寻梦园，早在我两年前因同时考上 T 大而认识思美时，她就向我提起过。以后，每逢寒暑假，思美总要约我到寻梦园来住，我却始终不能成行。去年我开始尝试写作，思美更成了热心的说客，不住缠着我说：

"到寻梦园来，包管有许多灵感给你，我爸爸造寻梦园，还有个故事，你来，让我讲给你听。寻梦园很大，我们家的人口少，你来可以热闹些。"

大概是为了听寻梦园的故事，也为了这个园名颇引人遐思，今年暑假，我终于发狠来寻梦园做客了。站在门外，我不耐地等着人来开门，一面从栅门外向里面张望。这一打量之下，不禁使我大为惊异，栅门里是一个很深很大的花园，有高大的树木，绿叶成荫，也有各种颜色的奇花异卉，红红白白，在绿树中掩掩映映。还隐隐地可以看到石桌石椅和楼阁亭台。这使我想起《蝴蝶梦》里描写的梦得里，不禁心痒起来，恨不得马上进去参观一番，难怪思美一直向我夸耀寻梦园，原来竟是这样一个迷人的仙境！

足足过了十分钟，并没有人来开门，我又按了一次门铃，依然没有人来。我开始试着喊人，并且摇着铁栅，但，一切都没有用。我一次又一次地按铃，心中一直在冒火，见到思美，我一定要大发牢骚。可是，现在怎么办呢？看样子我就是等到天黑，也未见得会有人来的。而且，我渴极了，真想喝水，太阳又一直晒着我，我的衬衫都被汗湿透了。表上指着十一点，我是清晨八点钟动身的，到现在已经三小时了。

半小时后，我完全绝望了，四周静静的，并不真的静，那花园里的蝉鸣正喧闹地响着。我看不到人影，也听不到人声，虽然喊破了喉咙，也没人理睬。终于，我提起旅行袋，准备回头。临走时，到底不死心，我又踮起脚来按一次铃，这时，一个声音从门里冷冷地响了：

"那个门铃坏了！"

我迅速地从栅门里看进去，一个工人模样的男人，穿着条肮脏的卡其裤，一件汗衫，肩膀上扛着个锄头，满手的污泥，正站在那儿看我。我像发现新大陆似的高兴，对他叫着说：

"喂，开一下门好不好？"

"你找谁？"他站着不动，看样子并无开门的意思。

"找你们的小姐。"我说，一肚子的气，真是，如果我打扮得华丽一点，他大概早就把门开了。看样子，这人是个园丁，因为他裤子膝头上还沾着泥和碎草，但他对我的神气蛮像我是个要饭的。

"什么小姐？"他问，明显地在装傻。

"方思美小姐，"我大声说，"你去通报一声好不好？说是唐心雯在门外等她。"

他懒洋洋地走了过来，拉开了铁门，说：

"进来吧！"

我提着东西走进去，等着他指示路径，但他"哗啦"

一声把门关好，就对我耸耸肩说：

"你自己去找她吧！"说完，头也不回地就隐进树丛里去了。气得我鼻子里都要冒烟，决心把他这种不礼貌的态度告诉思美，敲掉他的饭碗，也出出这口气。

沿着一排碎石子铺的小路，我走了进去，绕过一个树丛，我觉得眼睛一亮。眼前是个不大不小的喷水池，池子中间有个石头雕刻的小爱神丘比特，背上有两个翅膀，肩上搭着弓和箭，水柱就从弓箭上喷出来，一粒粒水珠在阳光下反射着瑰丽的色彩。喷水池四周种了一圈玫瑰花，地上铺了草坪，如今玫瑰花全都盛开着，香味浓郁地散布在四周。我身不由己地走到水池旁边，俯身去看水，池水清澈见底，水底全是些白色的小石子，水里有数以百计的金鱼游来游去，有的把嘴凑在水面吐气泡。我抬起头，爱神栩栩如生，显然不是出诸普通石匠之手，而是个艺术家的作品。我欣赏了半天，才转身寻路。但，在我面前，以喷水池为中心，却有七八条小径。我探首细看，其中三条都可以看到房顶，于是我随便选择了一条，小路两边全是扶桑花，有红、黄、白三色。台湾的花仿佛四季都开，像扶桑花、美人蕉、灯笼花……我一面走一面欣赏，走了好久，又到了一个水塘旁边，水塘四面堆着假山石，石边不规则地栽着些叫不出名目的草花，五颜六色，美不胜收。塘中全是荷花，一朵朵花亭亭玉立地伸长了秆子，真可爱极了。在池塘旁边，有一个建筑得十分精致的亭子，亭上挂着一块匾，题着"听雨亭"三个字，大概是取李商隐的诗"留得残荷听雨声"的意思。我向亭子走过去，实在累极了，很想好好地坐一坐，吹吹风，可是，才上了台阶，我就看到亭子里的木椅上躺着个人，仔细一看，又是那个园丁！他朝我狠狠地看了一眼，说：

"你走错了！从喷水池往北走才是正房！"

我的腿发酸、口发渴、头发昏，只得又在烈日下走回喷水池。最后，我总算来到寻梦园的正房了，这是一栋中西合璧似的二层楼房，门前有台阶，上了台阶，大门大开着，是个四方的大客厅，地上是讲究的花砖，窗子上都是一式的垂地的红绒窗帘，天花板上吊着欧洲宫廷里那种玻璃灯。有一个宽阔的大理石楼梯直通楼上。客厅里却没放沙发，全是中国老式的紫檀木的椅子，上面放着极讲究的靠垫。我走进去，四面望了一下，没看到一个人，只好扬着声音喊：

"思美！"

我的声音在这静静的屋子里显得特别大，把我自己都吓了一跳。立即，我听到楼上有一扇门"砰"地响了一声，接着，是一阵脚步声跑到了楼梯口，我抬起头，思美已经像阵旋风似的卷下了楼梯，一把拉住我的手乱摇，叫着说：

"你怎么这个时候来了？昨天收到你的信，不是说明天来吗？我还准备明天去公共汽车站接你呢！你怎么找到这儿的？谁给你开的门？我们门铃坏了！你一定走了不少冤枉路吧？"

"还说呢！"我的委屈全涌了上来，"心血来潮前一天来，叫了半天门，你们那个男工没礼貌透了，也不带进来，害我在花园里直打……"

"是老张给你开的门？别理他，他的耳朵有毛病……快，先洗个手脸，到楼上去休息休息，你还没有吃午饭吧，我叫他们下碗面来。李妈！李妈！"思美一迭连声地嚷着，我抛下了手里的东西，就在椅子里一躺，闭上眼睛说：

"累死了！可是，我宁愿先洗个澡！"

"好，我叫他们给你准备热水。"

李妈来了，是个三十几岁的女仆，一小时后，我洗了澡，换了一身干净的衣服，又吃了碗冬菇面，精神重新振作了起来。思美把我带到楼上的一间房子里，里面有张极漂亮的单人床，一个梳妆台，一个衣橱，和一张小巧精致的书桌。

"这是我给你准备的房间，怎么样？"思美笑吟吟地问。

"好极了！舒服极了。"我由衷地说，走到书桌前面的安乐椅上坐下，把椅子转了一圈，不禁感慨地说，"有钱真好！"

"怎么，你不是常说钱是身外之物吗？"思美打趣地说。

"现在发现钱的用处了，这么大的花园，这么讲究的房子和家具，这才是享受呢！坐在这儿，听着蝉鸣，闻着花香，不必和弟弟挤一个书桌，不会被妈妈叫过来叫过去做事，可以安心地看自己爱看的书，写自己要写的东西。唉！这真是太好了，如果我有这样的环境，我一定写它几部长篇小说！"

"现在你就有这样的环境！"思美说着把手放在我的肩膀上，"一个暑假，够你写了！"

站起身来，我走到窗边，窗上垂着白纱的窗帘，我拉开了它，风很大，很凉爽，从窗子里望出去，是花园的另一个角落，有一个爬满了茑萝的花架，花架里有椅子和桌子，花架的四周都种着竹子，一片绿荫荫，另有一种风味，我叹口气："这花园真漂亮，不知是谁设计的？"

"今天晚上，我会告诉你寻梦园的故事。"思美说。

"哦，我还没有拜见伯母。"我突然想起来说，思美的父亲已在五年前去世，她和哥哥母亲住在一起。

"没关系，吃晚饭时再见好了，现在她在睡午觉。"思美说，"你也睡一下吧，我猜你一定疲倦了，黄昏的时候我来带你参观一下整个的寻梦园。"

我确实很累了，因此，当思美走出房间，我立即就和衣倒在床上，只一会儿，就已进入了梦乡。这一觉一直睡到下午四点钟才醒。太阳已经偏西了，风吹在身上竟有点儿凉意，我爬起身，在梳妆台前梳了梳头发，思美已在门外敲门了，我开了门，思美笑着说：

"睡得真好，我来敲过三次门了！"

下了楼，喝一杯冰果汁，就跟着思美浏览了整个寻梦园。说老实话，这还是我一生参观的最讲究的花园，园中共有四个亭子、三个水池和两个花架，每个地方的景致都各个不同，我尤其喜欢一处，是个小小的池子，池中心有个小岛，岛上竟盛开着玫瑰花。沿着池，有着曲曲折折的栏杆，构造颇像西湖的三潭印月，栏杆外面，种着一排柳树，柳枝垂地，摇曳生姿。

"如果月夜到这儿来赏月，一定美极了！"我说。

"你的眼光不错，这儿本来是供人赏月用的！今晚我们可以再来看看。"思美说。

参观完了寻梦园，我不禁感慨万千，直到今天，我才发现金钱可以做到一切的事情。思美的父亲竟有力量造这样的一个花园，而花园又如此地雅致脱俗，我不能不对这人感到几分诧异和好奇，对寻梦园的故事也更产生兴趣了。和思美一起踱进客厅，我发现有一个瘦瘦的、约五十岁的女人坐在一张靠窗的椅子里，她有一对锐利的眼睛和一个高鼻子，年轻的时候，可能长得很不错，现在她的面部却显得很阴沉，除了那对眼睛外，脸上死板板的毫无表情，她的手放在膝上，手指细而长，骨节很大，是一个多骨而无肉的手。她穿一件黑旗袍，衬托得她的脸非常苍白，白得没有一点血色。我一走进去，她就盯住我看，从我的头到我的脚，似乎都没有逃过她的眼睛，但身体却寂然不动，像一尊石膏像。

"哦，妈，这是我的同学唐心雯，我提起过的。"思美对那女人说，又转过头对我说：

"这是我母亲。"

"方伯母，"我礼貌地点了个头，"思美约我来住几天，希望不至于打扰您。"

"别客气，"方伯母说，声调却冷冷的，"随便玩吧，这里只有一个空园子！"

一个非常可爱的空园子，我心里想，不知有多少人梦想有这样一个空园子呢！

思美给她母亲倒了杯热茶，又给我和她自己调了两杯冰柠檬水，我们在客厅中坐了下来。方伯母从茶壶底下拿出一副骨牌，开始玩起通关来。我莫名其妙地感到不大自在，不知该做些什么好。思美也沉默着，我忽然觉得她和她母亲之间很疏远，不像普通的母女。我走到窗边，太阳渐渐落山了，窗外的天是红的，彩霞带着各种鲜艳的颜色，堆积在天边，树叶的阴影投在窗前。蝉鸣声已经止住了，四周静得没有一点声音。多美的黄昏！我想，但，仿佛有些什么看不见的阴影存在着，我觉得这花园并不像外表那样宁静安详。

有脚步声走进来，我转过身子，是个年轻的男人，穿着件白衬衫，衬衫的领口袖口都没有扣，袖子松松地挽了两环。我觉得面熟，再一细看，原来就是给我开门的那个园丁。我正在发愣，思美已站起来说：

"哥哥，我给你介绍一下唐小姐，唐心雯。"然后对我说："这是我哥哥方思尘。"

我愕然地望着方思尘，顿时脸发起烧来，想起中午我竟把他当作他们家里的工人，不知是否说了些不礼貌的话？我呆呆地站着，讷讷地说不出话来。方思尘却不经心地看了我一眼，淡淡地说：

"唐小姐我已经见过了，中午是我给她开的门。"

"真抱歉，"我狼狈地说，"我不知道是方先生。"

思美看着我，骤然明白过来，她笑着转过身子，用背对着方思尘，望着我直笑。然后说：

"哥哥总是这样，太不修边幅，难免叫人误会，他是学艺术的，虽然没有成为大画家，可是艺术家那种吊儿郎当劲儿倒早具备了！"

"别太高兴，"方思尘对他妹妹说，"又该拿人取笑了！"他脸上毫无笑意，绷得紧紧的，有乃母之风。

"哼！"思美扭过了头，"不要那么老人家气好不好？成天板着脸！"她这句话说得很低声，不知是说给谁听的。

方思尘没有理他妹妹，径自走到酒柜旁边，拿出一瓶酒来，找了个杯子，斟满了酒，方伯母突然说：

"又要喝酒？怎么无时无刻不喝？"

"除了喝酒，我还能干什么？"方思尘莽撞地说，把杯子送到嘴边去，突然，他想起什么似的停住了，大踏步地走到我身边，把杯子递给我，说：

"喝一点吗？"

我惊异地看着他，摇了摇头，有点口吃地说：

"不！不！我不会。"

"不会？"他望着我，忽然咧开嘴笑了，他有很白的牙齿，和他那黝黑的皮肤相映，似乎更显得白。他的眼睛长得很好，鼻子则十分像他的母亲。"不会喝酒，你怎么去写小说？"他把胳膊靠在窗棂上，喝了一大口酒，又说，"你该学会这个，这会给你意想不到的乐趣。"

我笑笑，因为不知该说什么好，就什么话也没说。我调开眼光，无意间却接触到方伯母的视线，她正锐利地注视着我和方思尘，脸上有一个防备而紧张的表情。

晚饭是在一间并不太大的饭厅中吃的，我现在已经大约明了了这栋房子的构造，楼下一共是五间大房间、三间小房间，五间大的是客厅、饭厅、藏书室、弹子房（后来我知道方老先生在世时精于打弹子）和一间书房。三间小房间的用途不知道，因为都封锁着，大概是堆东西用的。另外还有个后进，包括厨房、浴室和下房。楼上是八间房间，如今只有四间住着人，就是方氏家里每人一间和我住的那一间。另外四间也封锁着。

这家里房子虽多，人口却极简单，除了方家三人之外，只有三个仆人，一个是李妈，一个是五十多岁的男工，叫老张，另一个是个美丽恬静的年轻女仆，大概只有二十几岁，名叫玉屏。据思美说，除了李妈外，那两个都是从老家带出来的。

吃完了晚饭，思美和我又漫步于花园里。

最后，我们在那柳枝掩映的水池边坐了下来，倚着栏杆望着月亮，我有点迷糊了，这不是个月圆之夜，一弯上弦月斜斜地挂着，水波荡漾，金光闪闪，花香阵阵地传了过来，是玫瑰！哦，我真后悔不早一点答应思美的邀约。

夜风吹起了我的裙子，我把手腕放在栏杆上，下巴又放在手腕上，凝视着水，一面倾听着思美述说寻梦园的故事。

2

"你认为我哥哥漂亮吗？"思美以这样一句话开始她的叙述。

"哦，我没有注意。"这是真话，除了认为他的眼睛很深很黑之外，我从没有想去研究他漂不漂亮，事实上，我不大懂得欣赏男人的"漂亮"。

"许多人都说我哥哥是个漂亮的男人。"思美说，手搭在栏杆上，"可是，你没见过我父亲，那才是一个真正漂亮的男人呢！在我们的书房里，有一张父亲的大画像，明天我带你去看，那是父亲年轻时游欧洲，一位不著名的画家给他画的，画得不很像，但大略可以看出父亲的轮廓。从我有记忆起，我认为父亲是个了不起的人，他为人沉默寡言。但是，他爱我和哥哥，可能更偏爱我一些。他喜欢看书，常常从早看到晚，有时，他会出外旅行，一去就是半年一年，那会成为我和哥哥最寂寞的时候。慢慢地，我开始明白爸爸不快乐，主要的，是他和妈妈不和，他们是奉父母之命结婚的，我相信，爸爸从没有爱过妈妈，他们之间也从不争吵，像是两个客人，冷淡、客气而疏远。但是，爸爸也不掩饰他的不快乐，每当他烦恼极了，他就去打弹子，饭也不吃，第二天，就该开始一段长时间的旅行了。

"那时，我们住在北平，我祖父是北平豪富之一，他是经商的，却让父亲念了书。或者，就是书本害了爸爸，他学哲学，毕业后又出国三年，回国后就被祖父逼着娶了妈妈，新婚三天，他就跑到欧洲去了，两年后才回来。据我所知，妈妈年轻时很美，只是对任何人都淡淡的，爸爸为什么会如此不喜欢她，我也不明白。但，爸爸虽不爱妈妈，却也没寻花问柳，也没有娶姨太太。

"那年，我已经十岁，哥哥已十六岁，爸爸又出去旅行了。爸爸去了八个月，走的时候是春天，回来时已是漫天大雪的严冬了。我还能清楚地记得那天的情形，一辆汽车停在家门口，老张一路喊着'老爷回来了'（那时祖父母都已去世），我从书房穿过三进房子，一直冲到大门口，爸爸正从汽车里迈下来。我高声叫着爸爸，但爸爸并没有注意，他把手伸进汽车里，从里面搀出一个非常年轻的女人，大概顶多二十岁。老张立即用伞遮着他们，因为雪下得很大，爸爸又拿自己的大衣裹住她，虽然她本来也穿着一件白色长毛的披风。然后他们走进了天井，我们的工人又从车子里搬出两口大皮箱，我跳了过去，拉住爸爸的衣服，爸爸摸摸我的头说：

"'叫徐阿姨！'

"我望着那个徐阿姨，怯怯地叫了一声。她蹲下来，不管正在雪地里，也不管雪还在下着，她揽住我，仔细地看我，然后问爸爸说：

"'是思美？'

"'是的！'爸爸说，微笑地望着徐阿姨，这种微笑，是我从来没有在爸爸脸上见过的。

"徐阿姨拍拍我的手背，态度亲切而温柔。她的皮肤细腻如雪，两个大眼睛，柔和得像水，头发很黑很亮，蓬蓬松松的。她身材很纤小，有一股弱不胜衣的情态，反正一句话，她非常美。我当时虽然只有十岁，但已预感到这位阿姨的降临不太简单，可是，我却不能不喜欢她，她属于一种典型，好像生下来就为了被人爱似的，我想，没有人会不喜欢她的。

"走进房子，爸爸一迭连声地叫人生火盆，他照顾徐阿姨就像照顾一个娇弱的孩子。妈妈已经闻讯而来，她望着徐阿姨，有点惊愕，但她向来喜怒不形于色，我无法判定她的感觉如何。爸爸开门见山地对妈妈说：

"'这是徐梦华，我已经在外面娶了她做二房，现在她也是我们家中的一员了。'

"徐阿姨盈盈起立，对妈妈深深地行了一个礼，怯生生地望着妈妈，温柔婉转地说：

"'我什么都不懂，一切都要姊姊宽容指教！'

"我不记得那天妈妈说了些什么，不过，从此妈妈显得更沉默了。而爸爸呢，自从徐阿姨进门，他就完全变了个人，他像只才睡醒的狮子，浑身都是活力，他的脸上充满了笑，每天他什么事都不做，就和徐阿姨在一起。常常他们并坐在火炉旁边，爸爸握着徐阿姨的手两人脉脉地对望着，一坐两三个小时，有时他们谈一些我不懂的东西，深奥的，难以明白的，但他们谈得很高兴。还有时他们对坐着下棋，我想爸爸常常故意输给她，以博她的笑容。事实上，爸爸那年已经四十二岁，徐阿姨才二十，爸爸对她的宠爱恐怕还混合着一种类似父亲的爱。不管怎样，徐阿姨是成功的，不但爸爸喜欢她，全家没有一个人不喜欢她，哥哥和我更经常在她身边转，我是为了听她讲故事，哥哥是因为她可以帮他解决功课上的难题，她从不对我们不耐烦，老实说，我觉得她对我的关怀胜过妈妈对我的。

"徐阿姨什么都好，只是身体很弱，爸爸用尽心思调理她，一天到晚在厨房里就忙着做她的东西，但她始终胖不起来。

"第二年春天，她流产了一个孩子，从此就和医生结了不解之缘，整天吃药打针。她躺在病床上的那段时间，爸爸简直衣不解带地守着她，虽然家里还请了特别护士。就是在病中，她仍然一点都不烦人，她温存地拉着爸爸的手，脉脉含情地望着他，劝他去休息。我想，如果我是爸爸，我也会发狂地爱她。

"徐阿姨常常希望她有一个花园，她生平最爱两样东西：花和金鱼。爸爸决心要为她建一个花园，可是，那正是一九四八年，时局非常紧张。爸爸考虑了一段时间，最后，决心来台湾。四八年秋天，我们到了香港，年底，我们来到台湾，和我们一起来的，还有徐阿姨的一个侄女儿，名叫徐海珊，比我大两岁。

"爸爸在中山路买了一栋房子，同时买了这一块地，兴工建造花园。这花园足足造了两年半，完工于一九五一年的秋天。但，徐阿姨没有等得及看这个为她建造的园子，她死于一九五一年的夏天。到台湾后，她一直很衰弱，躺在病床上的时候多，健康的时候少，但她的死仍然是个意外，头一天她说有点头昏，第二天清晨就去了，死的时候依旧面含微笑，一只手还握着爸爸的手。

"徐阿姨死了，爸爸也等于死了，他整天在房间里踱来踱去，经常不吃也不喝。花园造好了，他不予过问，一直到一九五二年夏天，他把园名题为寻梦园，住了进来。徐阿姨名叫徐梦华，他的意思大概是追忆徐阿姨。以后，他就在园子里从早徘徊到晚，有时呆呆地坐在一

个地方凝视着天空。五年前，他死于肝癌，临死仍然叫
着徐阿姨的名字。我总觉得，爸爸不是死于病，而是死
于怀念徐阿姨，或者是徐阿姨把他叫去了。"

思美的故事说完了，我们有一段时间的沉默，我望
着水里的月光发呆，栏杆上积了许多露珠，夜风吹在身
上已有些凉意。很久之后，思美说：

"心雯，你写了好几篇很成功的恋爱小说，你恋爱过
吗？真正的恋爱？"

"不，我没有。"

"你能想象真正的恋爱吗？像爸爸和徐阿姨那样？他
们好像不只用彼此的心灵来爱，而是用彼此的生命来爱，
我相信，爸爸除了徐阿姨之外，是连天地都不放在心
里的。"

我默然不语，忽然，我竟渴望自己能尝试一次恋爱，
渴望有人能像她爸爸爱徐阿姨那样来爱我，如果那样被
人爱、被人重视，这一生总算不虚度了。又沉默了一段
时间，我想起一个问题。

"那位徐海珊小姐呢？"

"海珊……"思美看着水，呆了一阵，叹口气说，
"那是另一个悲剧，至今我还弄不清楚那是怎么一回事，
她和哥哥热恋了一段时间，却在一个深夜里突然自杀了。
她自杀后哥哥就变了，你不要看哥哥现在疯疯癫癫的，
一天到晚蓬头垢面地在酒里过日子，海珊死以前他是很

正常的。"

"海珊为什么要自杀？"我问。

"这也是我们不明白的，连哥哥都不知道，她只给了哥哥一封遗书，遗书里也只有两句话，一句是'为什么人要有感情？'另一句是'为什么人生有这么多矛盾？'海珊刚死时，哥哥整天狂喊：'我什么地方对不起你？你为什么要这样做？'我们都怕哥哥会精神失常，妈妈彻夜不睡守着他，怕他自杀……现在，这事已经过去三年了，哥哥也好多了，我们家的悲剧大概就此结束，希望再也不被死亡威胁了。"

我们静静地坐了一会儿，月光把柳树的影子投在地上，摇摇晃晃的。我忽然感到背脊发凉，有点儿莫名其妙的害怕，这园子是太大了。

"寻梦园，"我说，"这名字应该改一个字，叫'怀梦园'，本是为了怀念徐梦华而题的，并不是寻找她。"

"哼！"我刚说完，黑暗中就传来一声冷笑，我不禁毛骨悚然，这月色树影和谈了半天的死亡，本就阴惨惨的，这声突如其来的冷笑更使人汗毛直竖。思美问：

"谁？"

一个男人从柳树后面转了出来，是方思尘，我定下心来，思美说：

"哥哥，你吓人一跳！"

方思尘不管他妹妹，却对我说：

"你知道'死'是什么？我们都没有死，就不会知道是怎么回事，人死了是不是就真从这个世界消失了？从古至今，没有人能解释生与死。我常想爸爸是个奇人，他了解爱情，他也不信任死亡，徐阿姨死了，只是肉体死了，她的灵魂呢？爸爸用了'寻梦园'的名字，在他死以前，他一直在找寻徐阿姨，我常想，生者和死者可能会有感应，就是今晚，我们又怎么知道爸爸、徐阿姨和海珊不在我们的身边？只是我们看不见而已。有时，在深夜里，你静静地坐着，让心神合一，你会感觉到死者就在你面前。寻梦园这名字取得好，就好在这个寻字。天地茫茫，卿在何方？这意味何等深远，如果用'怀'字，就索然无味了！"

我的脸又红了，被方思尘这么一说，我才感到自己的幼稚，真的，人死后到哪儿去了？死者的幽魂会常徘徊在生者的身边吗？我越想越玄，也越感到四周阴森森的，好像方伯伯、徐阿姨和徐海珊都就在这儿，在我身后听着我们谈话。这时，一滴冰凉的水滴进了我脖子里，我跳了起来。

"什么水，滴在我脖子里？"我叫着。

"没什么，"方思尘镇定地说，"是柳枝上的露水。"

"回去吧，夜深了！"思美说。

不错，夜深了，月亮已经偏西，风也更凉了。我们在树荫花影下向房子走去，我说：

"真的，我现在也发现这个寻字用得好，这使我想起《长恨歌》里唐明皇找寻杨贵妃：'排空驭气奔如电，升天入地求之遍。上穷碧落下黄泉，两处茫茫皆不见'的句子。还有汉武帝思念死去的李夫人，要方士作法，召寻李夫人的魂魄，后来模模糊糊地看到一个女人影子，而说'是耶？非耶？何其姗姗忽来迟！'真的，死别大概是人生最难堪的，这种怀念，不是凭空想得出来的！"

我们一面谈着，一面走到门口，我抬起头扫了这房子一眼，忽然，我感觉到月光照耀下的一扇窗子里，有人在向我们窥探着。

这儿有着什么？我想，一切似乎并不安宁。

这一夜，我失眠了，一来是下午睡了一个大觉，二来是谈话分了神，听着风吹树叶的声音，又听着窗子被吹动的响声，我觉得四面阴影幢幢，谈论中的方伯伯、徐阿姨和那个离奇自杀的徐海珊，似乎都在窗外徘徊，窗上有树枝的影子摇来晃去，我想起艾米莉·勃朗特女士的《呼啸山庄》中所写的凯瑟琳，和她的幽魂摇着窗子喊："让我进来，让我进来！"于是，我也似乎觉得那树影变成了一个女人的影子，而风声都变成了呼叫："让我进来！让我进来！"

黎明时，我迷迷糊糊地睡着了，做了许多噩梦。醒来时天已经大亮了，我看看手表，不过早上六点半，那么，我也只睡了一个多小时。穿好衣服，我走到窗前，拉开窗帘，一眼看到方思尘在园中浇花，又穿着那条脏裤子，满头乱发。我深吸了一口气，清晨的空气如此新鲜，带着泥土气息和花香，我觉得心情愉快，精神饱满，在这阳光照耀的早上，那些妖魔鬼怪的思想都不存在了。

"嗨！"我愉快地向下面的方思尘喊着。

他抬起头来，对我挥挥手，也喊了一声：

"嗨！"

我离开窗子，出了房间。到思美门口听了一会儿，她没有起床的迹象。我独自下了楼，梳洗过后，走到园子里，随便地散着步。树叶上都是露珠，一颗颗迎着太阳光闪耀。我哼着歌，在每棵花前面站一站，不知不觉地走到一片竹林前面，旁边有个题名叫"揽翠亭"的亭子。我走进去，亭子的台阶两边种着我叫不出名字来的粉红色小花，地上散着许多花瓣。进了亭子，我听到一阵叽叽喳喳的鸟叫，抬起头来，我才发现亭子的檐上，竟有一个泥做的鸟巢，两只淡绿色的鸟不住把头伸出来张望。

"新笋已成堂下竹，叶花都上燕巢泥。"我低低地念着前人的词句。

"早！"一个声音说，我转过身子，方思尘含笑地站在亭子的另一边，手中提着浇花的水壶。他脸色红润，眼睛闪闪发光，充满了生气。昨天那股阴阳怪气已经没有了，看起来是和蔼可亲的。

"早!"我也笑着说,"你自己浇花?"

"如果我不管这个园子,它一定会荒废掉!"他说,把满手的污泥在裤子上擦了擦,看着自己的衣服,他笑着说,"这是我的工作服!大概穿起来很像工人吧!"

想起昨天我的误会,我觉得脸发热。

"昨天我以为你是个园丁。"我说。

"是吗?"他望着我的脸,"你昨天叫门时有股骄傲劲儿,所以我不带你到正房。"

我骄傲吗?我自己并不知道,望着他,我们都笑了。园子里的鸟叫得真好听。寻梦园,我想,我已经爱上它了。

3

我坐在荷花池边的假山石上，手里拿着一根枯枝，拨弄着水，水面现出一圈圈涟漪。我把水挑到荷叶上，望着水珠在叶子上滴滴溜溜打转。在我膝上，一本《历朝名人词选》上早都沾满了水。玩厌了，我回到我的书本上，朗声念着一阕词：

> 燕子呢喃，景色乍长春昼。睹园林、万花如绣。海棠经雨胭脂透。柳展宫眉，翠拂行人首。
>
> 向郊原踏青，恣歌携手，醉醺醺、尚寻芳酒。问牧童、遥指孤村道：杏花深处，那里人家有。

方思尘不知从哪儿转了出来，奇怪，他永远会突然冒出来，像地底的伏流似的，忽隐忽现。他大踏步走近我，说：

"把刚才那阕词再念一遍好吗？"

我又念了一遍，他倾听着，然后在我身边坐下来，赞叹地说：

"哎，这才是人生的至乐。'向郊原踏青，恣歌携手，醉醺醺、尚寻芳酒……'哎，好一个醉醺醺、尚寻芳酒，古时的人才真懂得享受。"

"你不是也很懂得吗？整天酒杯不离手。"我说，多少带着点调侃的味道。

"你不懂，酒可以使人忘掉许多东西。"方思尘说，脸色突然阴沉了下来。对于他喜怒无常的脾气，两星期以来，我已经相当熟悉了。"你一生都在幸福的环境里，被人爱护着长大，你不会明白什么叫失意，你只有值得回忆的事情，没有需要忘记的事情。"

这或者是真的，不过，在到寻梦园以前，我从没有认为自己是幸福的，相反，我还有许多的不满。现在，我才开始了解自己的幸福，最起码，我这一生没有遭遇死亡。

"徐海珊很可爱吗？"这句话是冲口而出的，只因为想到他的不幸，因而联想到徐海珊。说出口来就懊悔了，这话问得既不高明也无意义，他既然热爱她，当然认为她是可爱的。

"海珊,"方思尘沉吟着说,"她和你完全是两种典型,你无论在生理或心理方面,都代表一种健康的美。海珊正相反,她是柔弱的,但她的感情强烈,她常常患得患失,总是怕失去我,就是在我们最亲热的时候,她也会突然问我:'你会不会爱上别人?'她死的前一天,我们才决定结婚日期,那是十月,我们预备元旦结婚。那天下午我进城一趟,回来时已经很晚了,我去敲她的门,她说她已经睡了,声音很特别,好像充满了慌乱和凄惨,我走开了。第二天,因为叫不开她的门,中午我们破门而入,她和衣躺在床上,已经断气很久了。"

"她用什么方式自杀的?"我问。

"安眠药。"

"你们家怎么有安眠药呢?"

"我们家里一直有安眠药,本来是爸爸用的,后来海珊也有失眠的毛病,妈妈也用安眠药。"

"你们……从没有考虑过她是不是被谋杀的?"我问,有种奇异的灵感,觉得她死得不简单。

"谋杀?"方思尘竟战栗了一下,但立即说,"那不可能,门窗都是反锁的,我不相信有人能把安眠药灌进她肚子里去,而且,动机呢?谁有动机杀她?"

"安眠药很可能调在咖啡里或食物里,使她不知不觉地吃下去,动机……我就不知道了。她死在寻梦园吗?"

“就是你隔壁那间空房子里，那天家中的人和现在一样，只是没有你。你想，谁会谋杀她？这是决不可能的！”

但，我却认为可能，我思索着，方伯母？那阴阴沉沉的老妇人，谁知道她会不会做出这事来？老张，不大可能，那是个憨厚沉默的老人。玉屏，嫌疑很大，她显然在单恋她的主人思尘，这是看得出来的。思美，决不可能，她太善良了，而且没有动机。思尘，会不会是他谋杀了他的未婚妻？……我抬起头来，方思尘正默默地凝视我，在思索着什么，那张脸是漂亮而正直的。我站起身来，对自己摇了摇头。

侦探小说看得太多了。我想。不自禁地对自己荒谬的想法感到可笑。我笑着拍拍裙子上的土说：

“起来吧，我们走走，别再谈这些让人丧气的事情！”

方思尘站起身来，他比我高半个头。他低头望着我，脸色又开朗了起来。

“什么时候，让我帮你画张像？”

“随时都可以！”我说。

“昨天晚上，思美拿了一篇你的小说给我看！”他说。我们沿着小径慢慢走着。

“哪一篇？”

“题目叫‘网’。”

“最糟的一篇，事实上，没有一篇好的，我正在摸索中，我十分希望把我所看到的、接触到的写下来，但总是力不从心，我缺乏练习，也缺少经验。"

"你很能把握人的感情。"他说，"看你的小说，不会相信你是个才二十出头的女孩子。"

"可是我的东西就很肤浅、不深刻，我的材料离不开学校和家庭。我的生活经验太少，假如你要我写一篇东西描写矿工，我一定会写出一篇非常可笑的东西来。"

"我想，就是学校和家庭已经够你写了！"

"真的，小说材料俯拾皆是。"

我停住，望着天边，这正是黄昏，云是橙红和绛紫色的，落日圆而大，迅速地向地平线上降下去。我忘形地抓住方思尘的手，说：

"画下来，这么好的景致！"

方思尘没有看天，却凝视着我，他的手轻轻地压在我的头发上，然后从我面颊上抚摸过去，托起了我的下巴。他的眼睛发亮，薄薄的嘴唇紧紧闭着。我茫然地看着他，我们就这样站着，许久之后，他低低地说：

"我怕我会太喜欢你了，怎么办？"

我不语，被催眠似的看着他的眼睛，他又说：

"你非常美，以前有别的男孩子告诉你吗？听着你软软的声音念诗，使人烦恼皆忘。"

我仍然不语，于是，他俯下头来吻我，轻轻地。然后，他用两只手捧着我的脸，凝视我的眼睛：

"一个不知道忧愁的女孩子，我能爱你吗？我会不会把不幸带给你？"

我继续沉默，他又说了：

"你是上天派下来解救我的小女神，是吗？在我最苦闷的时候，你来了，用你率真的态度命令我：'喂，开一下门好不好？'我给你开了门，你走了进来，走进我的生活和生命，用你坦白的眼睛注视我，用你甜甜的声音念'向郊原踏青，恣歌携手'。你不会再悄然隐退？你会和我恣歌携手？会吗？会吗？会吗？"

我无法说话，仿佛被一个大力量所慑服，一种奇异的感觉像浪潮似的淹没了我。我觉得自己的心跳得稳定而柔和，我并不激动，可是，泪水却充盈了我的眼眶，模糊了我的视线，我说不出来为了什么，只感到生命的神奇和美好。四周的蝉鸣声那么可爱，花的香味，草的气息……这一切使我醺然欲醉。我合上眼睛，必须用我整个心神来捉住这神秘的一瞬。于是，他又吻了我，这一次是重重的、火热的。我不敢张开眼睛，只能本能地回应他。我的手环在他的腰上，可以触摸到他那宽阔结实的背脊，我能听到他的心跳敲击着胸膛的声音，沉重的，一下又一下。

突然间，他推开了我，我有点惊异地张开眼睛，他正在注视着我的身后。我回转身子，方伯母像个幽灵般站在一株松树的前面，默默地望着我们。她苍白的脸上一无表情，眼光却冰冷而阴沉。

"妈……"思尘说，不知怎么，我觉得他的声音里有点畏怯，和以前那种一无顾忌的态度不同。

"方伯母。"我招呼着，礼貌地点头，为了被她撞见的这一幕而脸红，但我并不认为自己做错了什么。

方伯母机械地对我们点了点头，用空洞的声音说：

"快吃晚饭了！"

说完，她就回身慢慢地走开了。太阳已经下山了，天边仍然是绯红的，她瘦长的影子在彩霞照耀下向前移动，给人一种妖异怪诞的感觉。

"我们回去吧！"思尘说，用手环住我的腰，声调显得有些无精打采，眼睛里有抹深思的神情。

寻梦园，我想我是越来越爱它了。这是个好名字，最起码，我在这儿找到了我的梦。思尘的怪毛病也逐渐好了，他变得活泼轻快了起来。一次，我和思美进城买了一副羽毛球拍子，以后，我们三人就逗留在室外的时候多，清晨和黄昏，我们总是在园内追逐嬉笑。中午和下午，太阳太大，我和思尘兄妹就消磨在藏书室里。我前面曾提起过藏书室，这里面藏书之丰富，实在惊人，可惜有大半是英文原版，而我的英文程度有限，无法欣赏。但，中文书也够我看了，在那一段时间内，我看了许许多多心理学与哲学方面的书，因为，这方面的藏书比较多。夜，是属于我和思尘的，寻梦园里任何一个角落，都是静坐谈心的好所在，他教我看星星，教我凭香味辨别花名……我不知道我教过他什么，对了，我曾经教他唱一首小歌：

> 我和你长相守，愿今生不分离。
> 纵天涯隔西东，愿两心永不移。
> ……

那是个早晨，我起了个绝早，思尘兄妹尚未起床，我独自溜进了园里，在听雨亭旁边，我看到方家的旧仆老张正在捞取荷花池里的败叶残枝。他是个背脊已经佝偻的老人，有一张满布皱纹的脸。我停下来，他对我含笑招呼：

"唐小姐，早。"

"早，"我精神愉快地说，"要不要我帮你的忙？"

"不，当心弄脏鞋子。"

我在荷池边的山子石上坐了下来，看着老张，老张一面用钩子钩着败叶，一面说：

"现在不弄，等会儿少爷要不高兴的。"说着，他看了我一眼，突然说："以前徐小姐最喜欢听雨亭，每天都要到这儿待一个下午，她说荷花的香味最清爽了，比玫瑰花好。老爷生前也喜欢听雨亭。"

"徐小姐一定很美，是不？"我知道他说的徐小姐是指海珊，不禁冲口而出地问，大概心中多少有点属于女性的忌妒。

"很美，当然的，她父母都漂亮……"老张忽然错愕地停住口，茫然地望了我一眼，就闷声不响地去钩叶子了。

"父母？她的父母是谁？"我追问。

"不相干的！"老张摇摇头说，就再也不讲话了。我默然地看了他一会儿，这老人一定知道什么，或者也知道海珊是怎么死的，但他绝不会再告诉我什么了。我站了起来，拍了拍身上的土，就向房子走去。思尘已起来多时，思美正等着我一起吃早饭。

那天上午，我们全消磨在羽毛球上。中午，天变了，成堆的紫黑色的云从四面八方涌过来，风卷着树梢，太阳隐进了云层，室内显得黯然无光。思美扭开收音机，十二点的《新闻报告》前有台风预告，思美望望窗外的天空。

"台风，"她说，"我们的花园又该遭殃了。"

"我担心东面的那个茑萝花架，应该叫老张早点去修理一下的，有两根柱子已经坏了。"思尘说，他手中握着一杯茶，最近，他喝茶的时候好像比喝酒的时候多了。

午饭后，方伯母忽然用古怪的眼光打量我，然后问：

"你父亲在哪儿做事？"

"在×中教书，教语文。"我说。

"你兄弟姊妹几个？"她继续问。

"四个。"我回答。

"生活很苦吗？"

我不奇怪方伯母问这个问题，和思美比起来，我的服饰是太简陋朴素了。

"物质生活确实很苦，精神生活却很愉快。"我说。自己也不明白为什么要这样回答，这使我的话里包含了一点儿讽刺和自我安慰的味道。

玉屏进来了，递给我们每人一杯茶，她又给思尘新泡了一杯，这美丽的小女仆总有种特殊的气质，看起来温文可爱，不像个女仆。方伯母又审视了我一番，只点点头，就一语不发地走了。思美说：

"妈不知是怎么回事？"

"她总是这样的。"思尘说。

思美要上楼睡午觉，我兴致很好，就和思尘到客厅里去下象棋，太阳又出来了，阳光使人疲倦，我觉得窗子太亮了，拉上了窗帘，室内阴暗了好多。可是我仍然感到头晕晕的。一连输了三盘，我不下了，却玩起棋子来，这棋子是用象牙雕刻的，非常精致。

"这是父亲和徐阿姨下棋用的那一副。"思尘说。

"徐阿姨……"我说了一半，一阵头晕使我停住了，我感到房子在旋转，胸中发胀，眼前是一片模糊。

"你怎么了，你的脸色发白！"思尘紧张地说。

"没有什么，"我勉强地笑了笑，"上午打了太久的球，大概有点中暑。"

"你去躺一下好了。"思尘说。

"好。"我站起身来，地板在我脚下波动，我听到思尘在叫我，我站不住，猝然倒下去。思尘的胳膊接住了我，我尝试睁开眼睛看他，但是我睁不开，一种无形的力量征服了我，我浑身无力地松懈下来，失去了知觉。

4

　　我做了一个奇异的梦，梦见一个长得非常美丽的少女，凛然地站在我的面前，用冷冰冰的声音对我说：

　　"思尘是我的未婚夫，我们是经过山盟海誓的，你不能抢去他！他属于我，我已经为他而死，没有人再能够得到他！你赶快走，离开寻梦园，这儿不是你的地方！"

　　我辩解地说：

　　"你已经死了，死人不能占有活人，思尘应该有他的生活，你无法管他，也无法管我！"

　　"可是我要管，如果你不走，我不会饶你的！"

　　她逼近我，眼睛睁得无比地大，一刹那间，那张美丽的脸已经变成骷髅，她伸出白骨嶙峋的手指，向我脸上扑来，由于恐惧，我大叫着惊醒了过来。发觉我正躺在我的房内，思尘在摇撼着我：

"心雯！心雯！"他叫着。

室内的灯亮着，那么我已经昏睡了一个下午。床边有一声叹息，我听到思美的声音说：

"好了，她醒了！"

思尘望着我，他的脸色苍白，眼睛显得担忧而紧张。

"我好了，"我说，声音出奇地弱，"没有关系的。"

"刚才医生来看过你，给你打了针，他说是中暑。"思美说，一面走过来，安慰地拍拍我的手。

"思美，你去睡吧，我来照顾她。"思尘对妹妹说。思美点点头，对我微笑了一下，就走出了房门。我看着思尘，头依然在发昏，想起刚才的噩梦，又禁不住打了个寒噤。

"你觉得怎样？"思尘问，把手放在我的额上。

"有点头晕。"我说，"现在几点钟？"

"快十点了！"思尘说。

哦，我已经躺了八小时。

"有水吗？我想喝水。"我说。

思尘从我房内的水瓶内倒出一杯水来，忽然，他停住了，说：

"等一等，我去给你换一杯来！"

他走出房间，一会儿，他另外端了一杯水来，抬起我的头，我喝了水。他放下我，深思地望着我说：

"心雯，你必须告诉我，吃饭时你有没有觉得饭里有味道？或者，你饭前吃过什么？"

"没有。"我说。

"饭后呢？"他继续问，忽然，他跳了起来，说，"茶！"说完，他转身向屋外跑去。我感到一阵恐惧，已经意识到他所怀疑的，我一把拉住他的衣服说：

"不要走，请你！"

他停住，对我说：

"我要去找你那个茶杯。"

"你不会找到的，玉屏早就收去洗了。"我说。他走回来，在我床前面的椅子上坐下，握紧了我的手，呆呆地注视着我。

"心雯，我早就猜到我会带给你不幸。"他喃喃地说。

"不是的，你不要瞎猜，没有人会这样做！"

"海珊为什么要自杀？海珊是没有理由自杀的！"他说。

我浑身战栗。"那么，你也怀疑她的死了？"我问。

他不语，靠近我，深深地望着我。然后，他轻轻地吻我，说：

"你再睡一下，我在这儿陪你！"

我以为我不会再睡了，这栋房子里充满了阴森和恐怖，无论活着的人和死去的人，都在压迫着我。可是，我却意外地入睡了。我又做了许多噩梦，一个漂亮的男人，和楼下书房里的大画像一模一样，低沉地对我说：

"离开寻梦园，这儿是梦华所居住的，不是你！"

接着，我面前又换成了个模模糊糊的女人影子，她慵慵懒懒地说："我该住在哪儿？谁占据了我的屋子？"然后，前一个梦中的女人又出现了，她追着我，嚷着说："把思尘还给我！把思尘还给我！"

我醒了，室内只亮着一盏小台灯，灯光如豆，昏昏暗暗的。思尘已不在屋子里了。我看看手表，是深夜两点钟。窗上，树的影子在摇晃着，风声在园内呼啸，风大了，窗棂剧烈地响着，树木的沙沙声如困兽在辗转呼号。我裹紧了毛毯，又像第一夜那样，觉得风声都成了呼叫："让我进来，让我进来！"我身上发冷，渴望思尘能够回来，他到哪儿去了？

半小时后，风声更大了，变成了巨大的吼叫，风从玻璃窗的隙缝里钻进来，天花板上的吊灯在摇摆不定。我感到无法言喻的恐怖，挣扎着，我坐了起来，思美的房间就在我的右邻，左面是海珊生前住的。我试着叫了一声：

"思美！"

我的声音细而微，隔壁一点动静都没有。我侧耳倾听，却仿佛听到有人在争执的声音，当我想捕捉那音浪时，风声把一切都席卷了。我赤脚下了床，想去叫思美的门，这房间使我无法忍受。我的头依然发晕，摇摇晃晃地走到门口，刚扭开房门，就又听到说话的声音，是从左面那间空屋里传出来的。一刹那间，我觉得毛骨悚然，第一个冲动是想关上房门，溜回床上去用被蒙起头来，但我的脚却无法听命移动，我只能靠在门上，用门框支撑我的体重。于是，我听到了一个女人的声音说：

"你醉了是不是？"我立即辨出这是方伯母的声音。

"我没有醉，我清醒极了，我就是太清醒了，我宁愿是醉了，可以看不到这些罪行在我眼前接二连三地发生！"这声音是我熟悉的，这是思尘，声调冷峻而严肃。下面方伯母又讲了一句什么，被风声所掩蔽了。恐惧逐渐离开了我，最起码，那空屋里的人是人而不是鬼魂。我不由自主地走出去，向左移动了两步，门缝里有灯光透出来，我把耳朵贴近，可以清晰地听到思尘的声音：

"那天，我问过玉屏，只有你下午到过她的房间！虽然你是我的母亲，可是我不能饶恕你，一个海珊还不够，现在你又对心雯下毒手！……"

"你疯了！你疯了！"方伯母说，声音并不慌张，只是冷酷。

"我疯了才好呢！可惜我不疯！妈，为什么你对我所爱的人看不顺眼？为什么你要杀海珊？我不知道你怎样让海珊吃下那安眠药的，心雯的杯子我已经找到了，里面果然有安眠药粉的余粒，你的药量用得太轻了……"

"安眠药？"方伯母的声音，似乎有点激动了，"那么，她不是中暑了？"

"中暑？你比我更清楚她为什么会晕倒，你不必在我面前装样子。妈，我已经看得明明白白，海珊死时我只是怀疑，直到现在才证实，你为什么要这样做？为什么？"思尘的声音沉痛而凄厉。

"你怎么会认为是我做的？"方伯母问，声调非常镇定，微微带点诧异的味道。

"全家只有你还用安眠药，也只有你还存着安眠药！"

"是的，只有我有安眠药。但这是个误会，我猜唐心雯错喝了我的茶，怪不得我今天睡不着午觉。最近，我一直把安眠药放在茶里喝，现在都是玉屏帮我放。如果你不信，可以去问玉屏！"方伯母仍然是平静的语调。

"我不信，怎么这样巧！"

"巧得使儿子怀疑母亲！几十年来，方家我已经待够了，我想，你该赶我出去了？是吗，思尘？"方伯母似乎有些伤感，奇怪，这声调竟使我觉得心酸。

"哦，妈，"思尘显然有点泄气，"我只是想追查事情的真相！那么，海珊死的那一天，你到她房里去做什么？"

"我没有害唐心雯，可是，海珊确实是我害死的。"方伯母停顿了一下，我又感到背脊发凉了，"思尘，你为什么要我到这间空屋里来谈？"

"我不愿思美听到我们的谈话！"

方伯母和思美的房间是贴邻的。

"好吧，思尘，我看我该告诉你真相了。这是海珊的房间，如果海珊死而有灵，应该证实我的话。海珊死的那一天，我确实到她房里去过，你知道，一开始我就反对你和海珊的恋爱，可是你们执迷不悟。那天，我告诉海珊一个秘密，我告诉了她，她是你的妹妹，是你父亲的私生女！"

"你说谎！"思尘大叫。

"我没有说谎，你要证据吗？去问问老张，他是你父亲最亲信的仆人，他会告诉你更多关于你父亲的故事。我并不知道海珊会因此而自杀，我没有想到她已经爱你爱得如此之深！"

"你说谎！妈，你说谎！"思尘痛苦地说。

"唉！"方伯母叹了口气，似乎很疲倦，"我知道，你父亲在你们心中是个了不起的人，你们都崇拜他，这么许多年来，我不敢打破你们心目中的偶像。事实上，他的精神不健全，你的祖父不该把他从国外骗回来结婚，他被迫娶了我，使一位在国外和他相恋的女孩子自杀了。他和我婚后三天，就接到消息赶出国去，但已来不及了。从此，他恨我，在他一生中，大概只真正地爱过两个人，一个是那位国外的女郎，一个就是徐梦华。至于和他发生关系的女人，简直不计其数。海珊是徐梦华大姐的孩子，海珊出世时，徐梦华才只有几岁，你父亲没有管这个孩子，任由她在徐家长大，等他想起来去看她们的时候，海珊的母亲已经死了，他却爱上了徐梦华，把梦华和海珊都从杭州接到北平，海珊被送进住宿学校，梦华却被接到我们家里。"

"妈，这不是真的。"

"这是真的，思尘，你必须接受它。不但海珊是你父亲的私生女，思美也是，我不知道思美的生母是谁，思美是在褓襁中抱回家的。不只思美，玉屏也是！"

"妈，不要说了！"

"玉屏的母亲是我的女仆，玉屏就成了丫头，可怜的孩子，二十几年来我并没有把她像丫头般看待，在这个家里，恐怕也只有玉屏是真正对我好，她了解我，虽然她不知道自己的身世，但她明白我在方家受的委屈。你父亲是个怪人，他漂亮，谈吐、风度、学问，无一不好，没有女孩子可以逃得过他的追求。你记得你父亲常常要出去旅行吗？每次去旅行，都是去弄女人，在女人这方面，他完全是变态，我不知道他这一生到底有多少女人。但，他对徐梦华倒是真心的，我想，有了梦华之后，他是觉悟了，也真正想在家中做个好主人、好父亲和好丈夫了。可是，梦华死得太早，梦华一死，把他的一切都带走了。

"几十年来，我忍受你父亲已经受够了，思尘，让母亲对儿子说句坦白话，你以为只有你们这一代的人才会恋爱？才有这样狂热的感情？我刚结婚的时候，也有这份狂热，我爱你的父亲，他实在是太漂亮太吸引人了，我一直梦想他会对我产生爱情，但他虐待我、恨我，我受尽他的折磨，直到他死，他叫着别人的名字。他没有爱过我一天，但我为他埋葬了全部的青春和热情。"

"妈！"思尘喊，声音是窒息的。

"思尘，是什么原因你会认为我是凶手？你父亲在你心目中是圣人，母亲却是罪犯！你以为我做得出这种事吗？是的，我确实不喜欢唐心雯，因为她将从我手中抢去你！思尘，我这一生什么都没有，只有你！你是我的，是我生的，是我和你父亲的儿子！我第一眼看到唐心雯，就知道保不住你了，她那对澄清的大眼睛那么可怕，像是什么都懂，又像什么都不懂……她正是那种女孩子，最容易吸引你这种爱艺术的男人，满脑子的幻想和诗，她本人也像首诗……我怕她，怕你会爱上她，然后她会把你带出寻梦园，永远离开我，我知道她会！果然你爱上了她！但是，我没有下毒！我不会这么做，也从没有想去做这个，你可以问玉屏……"

"妈，别说了，我明白了。"

"思尘，我不怪你会喜欢唐心雯，男孩子长大了，我不能把你拴在我身边一辈子，事实上，你的心早就离开了我，你从不喜欢我，你喜欢徐梦华更胜于喜欢我！可是，我喜欢你，我要你！你不接近我，你像防毒蛇似的防我……"

"妈!"思尘喊。

"唐心雯,那个诗一样的女孩子,她认识你才一个月,就把你的心占有了,我认识你已经二十九年了!"

"妈,不要这样说,让我重新开始,有了心雯,并不是就会不要母亲的。妈,真的,我们会爱你,心雯也会!"思尘说,声音急促而不安。

"不会的,我知道不会,没有儿子有了媳妇还会爱母亲,这是永远不变的,古时候如此,现在也如此!小燕子长成了抛掉老燕子,这是一条自然的定律,没有道理可讲,生命就是如此!"

方伯母的声音冷冷的,但冷得苍凉。我感到心中突然充塞着几百种难言的情绪,方伯母,那苍白枯瘦的女人,那冰冷而锐利的眼睛,谁知道她心中埋藏了多少辛酸?或者她曾试着要喜欢我,中午,她不是尝试和我谈话吗?但她不会喜欢我,我了解得和她一样清楚。可是,我是不是需要去尝试使她喜欢我?想想看,一个月来,我对她有多少误解!我脑内一片混乱,我必须回到房间里好好思索一番。

风越来越大了,雨点已经随着风狂扫而下,我悄悄地溜回自己的房间,隐约又听到方伯母在说:

"明天,你带心雯去吧,离开寻梦园,去制造你们的梦。我该想开了,年轻人不是一个园子可以关得住的。"

一夜风雨，早上，雨已经停了，风势也微弱了。我爬起床，头晕症已愈，只是四肢还有点乏力。我走到窗边。推开窗子。哦，一夜风雨造成的情况竟如此凄凉，园中全是残枝落叶，花架因年久失修，已歪倒一边，落红遍地，风仍然在狂卷着落花，所有的树木都无精打采地垂着头。

门被推开了，思尘走了进来，他看起来苍白疲倦。

"好了没有？"他问。

"好了。"我说。

他走近我，也注视着园子。

"又要费一段时间来整理它，"他说，"不知有多少花枝被吹坏了！"

"我们一起来整理它，"我说，把手压在他放在窗台上的手上，"思尘，我偷听了你们母子的谈话。"

他注视我，默然不语。

"你父亲并不是个坏人。我想，我会喜欢他。如果他娶了国外那个为他自杀的女郎，我相信他们会有个很幸福的家庭。许多悲剧，我们不能说错在哪一方，只是命运弄人，而我们却无法支配命运。"我说。

思尘深深地凝视我，眼睛逐渐明亮了。

"我爱寻梦园，在这里，我找寻到我的梦，"我握紧思尘的手说，"让我们来整理它，使它比以前更好，你母亲会高兴看到……"

"她的孙儿在寻梦园的草地上爬，是吗？"

身后传来了一个轻快的声音，我和思尘转过身子，思美正含笑地站在门口，脸色明朗得一如台风后的天空。

我的脸红了，思尘忽然有所发现地说：

"你很容易脸红。"

我笑了。一片小花瓣被风卷到窗台上，我拾起了它。寻梦园。我想，一个好名字。

风止了，太阳正在迅速地穿出云层。

（全书完）

（京权）图字：01-2025-0195

图书在版编目（CIP）数据

女朋友／琼瑶著. -- 北京：作家出版社，2025.1.
（琼瑶作品大全集）. -- ISBN 978-7-5212-3236-3

Ⅰ. I247.5

中国国家版本馆 CIP 数据核字第 20250E0K33 号

女朋友（琼瑶作品大全集）

作　　者：琼　瑶
责任编辑：刘潇潇　单文怡
装帧设计：棱角视觉　纸方程·于文妍
责任印制：李大庆　金志宏
出版发行：作家出版社有限公司
社　　址：北京农展馆南里 10 号　　　　邮　　编：100125
电话传真：86 - 10 - 65067186（发行中心）
　　　　　86 - 10 - 65004079（总编室）
E - mail: zuojia@zuojia. net. cn
http: // www. zuojiachubanshe.com
印　　刷：北京盛通印刷股份有限公司
成品尺寸：142 × 210
字　　数：87 千
印　　张：5
版　　次：2025 年 1 月第 1 版
印　　次：2025 年 1 月第 1 次印刷
ISBN　978 - 7 - 5212 - 3236 - 3
定　　价：2754.00 元（全 71 册）

品　琼　瑶　经　典

忆　匆　匆　那　年

琼 瑶 作 品 大 全 集